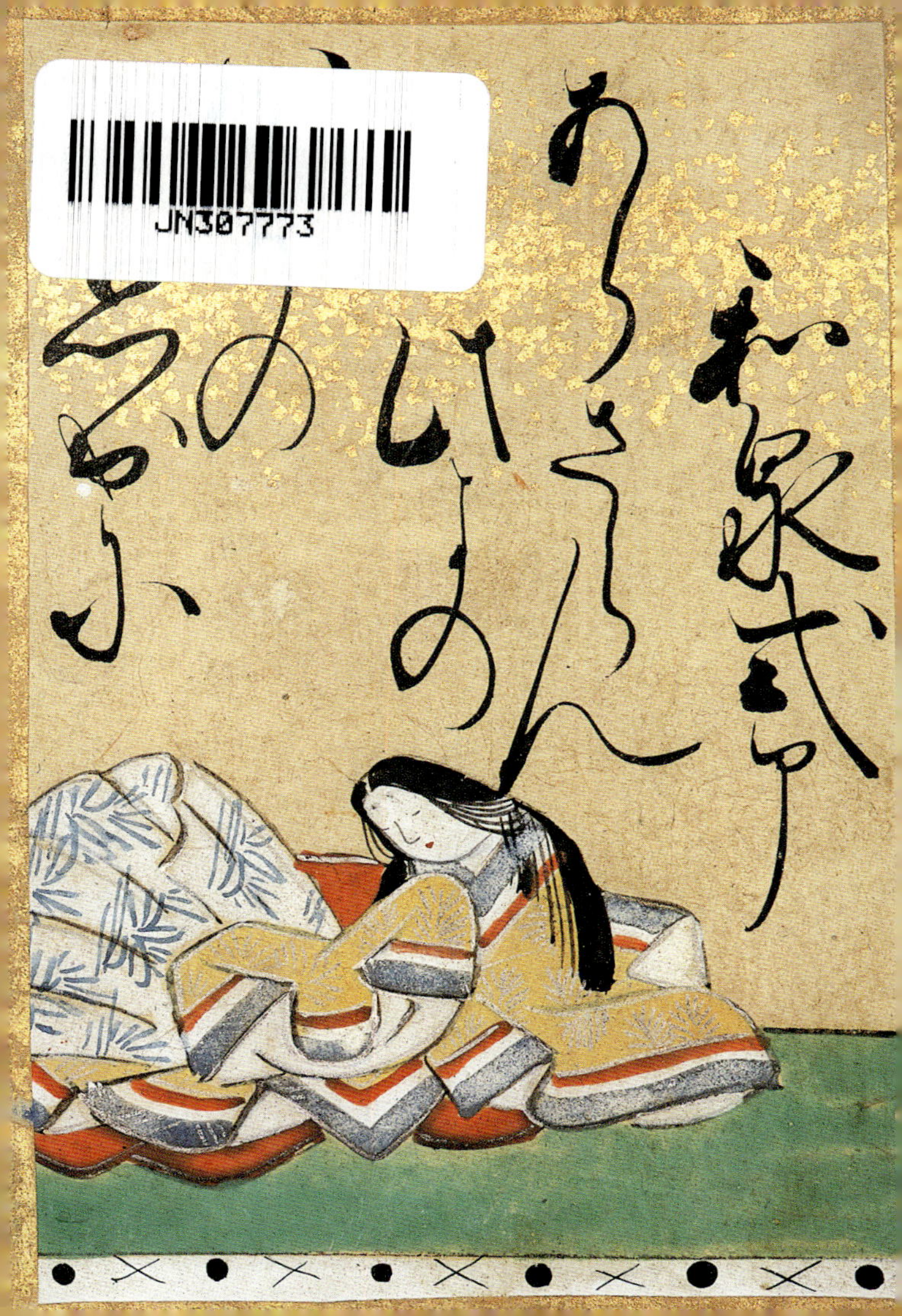
和泉式部
あらさらん

新 潮 文 庫

私の百人一首

白 洲 正 子 著

新 潮 社 版

7602

私の百人一首／目次

口絵・著者旧蔵の百人一首歌かるた
口絵・本文写真　広瀬達郎

私《わたくし》の百人一首

六十の手習　序にかえて

昔、私の友人が、こういうことをいったのを覚えている。

――六十の手習とは、六十歳に達して、新しくものをはじめることではない。若い時から手がけて来たことを、老年になって、最初からやり直すことをいうのだと。

まだ若かった私は、そんなものかと聞き流していたが、この頃になってしきりに憶《おも》い出される。幼い時から親しんだ百人一首について、改めて考える気になったのもその為《ため》だが、さて机に向ってみると、まったく無知であることに驚く。かるたをとるということと、百人一首を鑑賞することは、ぜんぜん別の行為なのだ。一々歌の意味や心を味わっていて、かるたがとれる道理はない。そんなことはわかり切っているが、わかり切ったことに案外人は気がつかないものである。私は戸棚の中にしまってあった古いかるたをとり出して、珍しいものでも眺めるように、一枚一枚めくってみた。

このかるたは数年前、京都の骨董《こっとう》屋でみつけたもので、箱に「浄行院様御遺物」と記してあり、公卿《くぎよう》の家に伝わったものらしい。くわしいことは忘れたが、元禄《げんろく》年間の作で、当時の公卿は生計のために、かるたを作ることを内職にしたという。これもそういうものの一つだったに違いない。読札には奈良絵のような素樸《そぼく》な絵と、上の句が書いてあり、取札は浅黄《あさぎ》地に金で霞《かすみ》をひいた上に、下の句を書き、裏には金箔《きんぱく》が押してある。カルタという名が示すとおり、元亀《げんき》・天正《てんしよう》の頃、外国から渡来したカードの形の中に、平安時代以来の歌仙絵と仮名の美しさを活《い》かすことが出来たのは、色紙の伝統によるといえるであろう。たとえ身すぎのためとはいえ、これを造った人々が、どんなに祖先の生活をなつかしく憶い、新しい形式の上に再現することをたのしんだか、眺めているとわかるような気がする。子供の頃私が使っていたかるたも、これ程上手《じようて》ではないが、同じ種類のものであった。やはり読札には絵が描いてあり、書はお家流《いえりゆう》風のたっぷりした肉筆で、だから字がよめない子供にも、形を見るだけでわかったし、歌は文字からではなく、音で覚えた。というより、歌と書は不可分のものであり、それに絵が加って、百人一首という一つの世界をかたちづくっていた。昔の子供達はそういう風にして、遊びの中から自然に歌を覚え、文字を知って行った。その後、標準がるたという印刷の百人一首が普及し、私は次第に興味を失った。きれいなお姫様の姿は消え、個性のない活字が、ただ芸もなく並んでいたからである。近頃はお正月になると、時々テレビでかるた会の状景を放送するが、そこにはかつての遊びはなく、殺伐たる勝負の道場と化している。もはや素人《しろうと》はよりつけないし、よせつけもしない。

私が百人一首から遠ざかったのには、もう一つ理由がある。これは私だけではなく、現代人の通弊だが、古今・新古今の歌はつまらないという観念があったからだ。それは活版刷のかるたとも、どこかでつながっている近代思想で、正岡子規に教えられなくても、私達は「万葉集」の方がいいと思ったであろう。万葉の歌が美しいのは、今さらいうまでもないことで、私自身の経験でも、若い時は「万葉集」に心をひかれ、京都より大和の風物の方に身近なものを感じた。が、だんだん年をとるにつれ、平安朝の文化の奥の深さ、京都の自然のこまやかさに魅力をおぼえるようになった。人間の一生というものは短くてはかないが、一国の文化が成熟し、老いて行く姿と、似ているような気がしてならない。だからこそ歴史が生れたのであり、いつまでも若い時代に止《と》どまっていては、発展も円熟もなかったであろう。悲しいことだが天は二物を与えずで、人間の宿命には素直にしたがうのが賢明なようである。

そのことを一番痛切に感じていたのは、定家ではなかったか。政権が朝廷から武家へ移って行く時代に生きた彼は、祖先の築いた文化が、音を立てて崩れて行く様を目前に見ていた。後鳥羽上皇《ごとばじょうこう》との間が不和になったのも、歌論の相違だけではなく、武家政権に対する上皇の抵抗が、無謀な行為とうつったに違いない。そうでなくても、はでで気まぐれな上皇の振舞を苦々しく思ったことは、「明月記《めいげつき》」にくり返し述べていることでも察しがつく。私の好みをいえば、後鳥羽上皇の歌の方が好きだし、人柄にも魅力がある。が、批評家としてははるかに定家が上であり、人間的にも大人であったと思う。あれ程多くの歌をよんだ人が、老年になって沈黙してしまうのは、創作欲を失ったためではあるまい。定家が理想とした妖艶《ようえん》・有心《うしん》の歌論は、王朝文化のいわば最期《さいご》のかがやきであり、和歌が行きついた果ての幻の花だったが、持囃《もてはや》されればされる程、誤解をうけやすいこの詞《ことば》は、思わぬかたへ流れて行き、彼は絶望の極に達したであろう。いつの時代にも、ものが見えるというのは辛《つら》いことで、定家の真意が理解されるには、その後長い年月がかかった。定家の精神を復活させたのは、桃山時代の光悦《こうえつ》と宗達《そうたつ》ではないかと私は思っている。

百人一首の選者については、古来さまざまの説がある。が、定家が嵯峨《さが》の山荘において、宇都宮頼綱《うつのみやよりつな》のために、みずから書いて贈ったというのが、今日の定説になっている。宇都宮氏は、定家の息《そく》、為家《ためいえ》の妻の父で、嵯峨中院の別業《べつぎょう》に余生を送っている裕福な関東の豪族であった。嘉禎《かてい》元年（一二三五）の春、そこで歌会が催された折、定家にそのことを依頼したという。

> 嵯峨の山荘の障子に、上古以来の歌仙百人のにせ絵を書て、各一首の歌を書そへられたる、更に此《この》うるはしき体のほか別の体なし。

と、「井蛙抄《せいあしよう》」にも記されているように、昔から有名なものであったらしい。世に「小倉色紙」と呼ばれて、珍重されているのがそれであるが、定家の真筆とは信じにくい。もっとも私が見たのは、三、四枚にすぎぬから、読者は素人の言など信用されなくともよい。たとえ後世の模《うつ》しであろうとも、贋物《にせもの》を作る意図はなく、定家を愛し、尊敬した人々が、模写をして世に伝えたのであろう。桃山時代の作が多いように見えるのも、光悦の色紙の影響によるのではあるまいか。

嘉禎元年といえば、定家が八十歳で亡《な》くなる六年前のことで、完成するにはなお若干の年月はついやしたと思う。勅撰集《ちよくせんしゆう》とはちがって、親類の邸《やしき》の障子を飾るのであってみれば、楽しみながら選んだと想像される。「新古今集」に、定家は不満を抱いていたから、後鳥羽上皇に対抗して、百人一首を造ったという説もあるが、百人一首の歌からはそういうものは感じとれない。私の場合とは比較にならないが、定家にとっても「六十の手習」といったような、のびのびした気分を味わったのではなかろうか。順序や作者に多少の出入りはあったと聞くが、百人一首のかるたの元はこの「小倉色紙」にあり、何かと批判されながら今まで生き存《なが》えたのは、大衆に強く訴える力を持っていたからである。もしかすると、定家は、同時代の公卿より武家の生活力を信じ、ひいては庶民の中に歌の心を伝えることを願ったかも知れない。宇都宮氏の娘を嫁にえらび、老骨に鞭打《むちう》って百人一首を書いたこと、また相伝の「万葉集」その他を、源実朝《みなもとのさねとも》に贈ったことなども、単なる政略や処世術ではなく、そういう気持の現れではなかったか。定家の和歌に対する愛情と執着は、私共が想像するよりはるかに深く、強いものであったように思われる。

はじめにもいったように、私は百人一首についても、定家についても、浅薄な知識しかない。勿論《もちろん》、百人一首の歌は全部暗記しているけれども、そんなことは何の足しにもならない。思いあぐんで、ある一日、嵯峨野のあたりを歩いてみた。天竜寺の境内から、野の宮を経て常寂光寺《じようじやつこうじ》、二尊院《にそんいん》へつづく裏道があり、私はそこを散歩するのが好きだった。もう三、四十年も前のことである。小倉山の麓《ふもと》には、定家の「時雨《しぐれ》の亭《ちん》」の跡がいくつもあって、私を迷わせたが、いずれも好事家《こうずか》がつくったものであることを後に知った。観光が盛んになってからは、御無沙汰《ぶさた》していたが、この度は京都博物館の竹村俊則氏に案内して頂いた。竹村氏は『新撰京都名所図会』の著者で、京都の地理にくわしいことでは右に出るものがない。はたして氏は、定家の山荘跡と推定される場所を知っておられた。それは二尊院の東、落柿舎《らくししゃ》の北に当る一郭で、今は八重むぐらの繁《しげ》る荒地になっている。そこからは美しい赤松の並ぶ小倉山の稜線《りょうせん》がま近に望めた。「小倉山峯《みね》のもみぢ葉心あらば」、我にインスピレーションを与えたまえと祈ったが、けたたましい車の警笛に忽《たちま》ち私の夢は破れた。

頼綱の別荘があった場所は、現在も中院町《ちゅういんちょう》の名を残しており、もとは愛宕《あたご》神社の中院が建っていたという。定家の邸跡から愛宕道をへだてて、四、五丁のところで、ひなびた民家の間に、厭離庵《えんりあん》の草屋根が見えて来る。為家の墓もそのかたわらにあった。彼は岳父の邸を相続したのか、中院大納言《だいなごん》と呼ばれたが、今は尼寺になっている。おそらく頼綱の山荘は、このあたり一帯を占めていたので、厭離庵はその一部であったに相違ない。今時珍しく、観光客を近づけない寺で、あらかじめお願いしておいたのに、門を叩《たた》いても応答がない。しばらく経《た》って、年老いた庵主さんが出て来られた。お庭に面した縁側に腰をかけて、お茶を頂く。老尼《ろうに》はお耳が遠いらしく、何をうかがってもろくに返事もされない。その無愛想さがいっそ私には気持よかった。

暑い夏の盛りであったが、京都には珍しくかわいた日で、紅葉をわたるそよ風が快い。むろんこの寺は後から造ったものだから、鎌倉時代の面影をしのぶよすがもないが、紅葉と苔《こけ》だけの飾り気のない庭で、隅の方に紫と白の桔梗《ききよう》が咲乱れているのが、幽艶な趣きをそえている。紅葉は丈が低いわりに古木らしく、太い幹が白くなって、ところどころ苔が生えているのも風情《ふぜい》がある。私はさわってみたい衝動にかられた。はだしになって、苔の上も歩きたい。若い時ならきっとそうしたに違いない。が、そこは「六十の手習」で、さわってみなくても、古木の肌ざわりはわかったし、裸足《はだし》にならないでも、苔の触感をたしかめることは出来た。日は既に小倉山にかたむき、もみじの葉の一枚一枚が、斜光をあびて、不思議に生き生きとした輝きを増す。葉末の方は、既に紅葉しはじめたのか、爪紅《つまべに》のように染っており、いく重にもかさなり合った青葉が、夕日を通して緻密《ちみつ》な織物のように見えて来る。それはこの世のものとも思われぬ微妙な音楽をかなでるようであった。これこそ正に新古今の調べではないか。私はしばし未知の世界をさまよう思いに我を忘れた。自然は実に多くのことを教えてくれる。自然といっても、これは人工的に造られた庭で、だから「新古今集」の歌に似ているのだ。が、そんなことはいくらいってみた所ではじまるまい。私はこのささやかな体験を元に、百人一首について書いてみることにしよう。百人一首に関する本は無数に出ているので、私などに新しい発見がある筈《はず》もないが、自分の感触だけは見失いたくないと思っている。

一　天智《てんぢ》天皇

秋の田のかりほの庵《いほ》のとまをあらみ
わがころも手は露にぬれつつ

飛鳥《あすか》は田圃《たんぼ》の美しいところである。この歌をよむ度に、こがねの波のうねりが目に浮び、とよあし原瑞穂《みずほ》の国という言葉が思い出される。大様な歌の調べが、そういうことを想像させるのだが、実際の意味はそんなにのんびりしたものではない。実った稲を鳥獣から守るために、仮の小屋を作り、その屋根を葺《ふ》いた苫《とま》が粗末なので、衣が露にぬれて悲しいという労働歌で、かりほは刈ると仮に、露は涙にかけてある。したがって、天皇のお歌とは考えられない。民の苦しみを想《おも》って、詠じられたというのも思いすごしであろう。歌の調べも万葉調ではなく、わずかに原歌とおぼしきものが「万葉集」巻十に見えている。

秋田刈る仮廬《かりほ》を作りわが居《を》れば

衣手寒く露ぞ置きにける　よみ人知らず

詞書《ことばがき》には、「露を詠《よ》む」とあり、民謡であったことは紛れもない。古代の農民の生活をそのまま謳《うた》っており、何の風情《ふぜい》も情緒も感じられない。もしかすると、田圃で働きながら歌ったのかも知れないが、アキタカルカリホでは、語呂《ごろ》が悪く、歌っている間に少しずつ変化したのではなかろうか。「後撰集《ごせんしゅう》」に取りあげられた時には、調子もととのい、歌の姿も成熟して、天智天皇の御製として、愛誦《あいしょう》されるようになった。天皇とのつながりは、ほぼ同時代というだけのことだが、歌は未熟でも、いや、未熟なゆえに強く訴えるものがある。改作することによって（といっても、一人が改作したのではなく、自然に変っていったのであろうが）、調べは流麗になったかわり、失われたものも大きい。「万葉集」から平安時代への移り変りを、もっともよく現している詠歌といえるであろう。

二 持統天皇

春すぎて夏来にけらし白妙《しろたへ》の
衣ほすてふあまのかぐ山

春すぎて夏来たるらし白栲《しろたへ》の
衣乾《ほ》したり天の香具山 (万葉集 巻一)

こうして二つの歌を並べてみると、殆《ほと》んど同じであることに気がつく。変っているのは、わずかに上の句の「夏来にけらし」と、「夏来たるらし」、下の句の「ほすてふ」と「乾したり」の二ヵ所にすぎないが、それだけのことで意味はまったく違って来る。

ある朝、持統天皇が、藤原の宮から、天の香具山をあおぎ見ると、白い衣が一面に干してあった。青葉に映えて、目にしみるような清々《すがすが》しさに、天皇は、夏がおとずれたことを実感された。万葉の歌には、そういう景色が、あざやかに描かれているが、香具山と藤原の宮は指呼の間にあり、古代より信仰された神山であったから、しぜん歌の調べも荘重になったのだと思う。少くともただの風景を詠《よ》んだのではなく、神聖な山を象徴する白と、言葉には現れていない若葉の緑が背景になって、この上なく爽《さわ》やかな印象を与える。白い衣は巫女《みこ》の衣装だという説を、何かで読んだ記憶があるが、そこまで考えなくてもいいのではないか。香具山の周辺には、朝鮮から渡来した人々も住んでいただろうし、当時の庶民は白いきものを着るのがふつうであった。私がこの歌からうけるものは、春雨がからっと晴れあがった翌朝、洗濯物を干した時のあの気持のよさで、むつかしい理屈は無用である。

その万葉の歌が、「新古今集」にうつされると、別の趣きを呈して来る。「万葉集」では正面から、じっと見据えて謳《うた》っているが、新古今の香具山には春霞《はるがすみ》がただよう。「夏来にけらし」は、現代語に訳せば、「夏が来たらしい」で、「夏来たるらし」と大差はないが、雅《みやび》やかなことでは前者が優《まさ》る。仔細《しさい》にみれば、「万葉集」の方は同じ「らしい」でも、肯定的であるのに反して、新古今の歌には、微妙なニュアンスの違いがあり、「夏が来たのであろうか、どうもそうらしい」といったような、気持のゆれが感じられる。

特にちがうのは、下の句の「衣乾したり」と、「衣ほすてふ」で、前者が断定しているのに対して、後者は「衣を乾すという」と、ある時間を置いている。間接的な表現といってもいいが、天の香具山は、遠くから眺めている気分である。実際にも、京都の人々からみれば、大和の香具山は、遠い昔の伝説の山でしかなかったであろう。記憶が薄れたのは当然であるが、新古今の側からいえば、物事をあからさまに言い切ることは王朝人の教養がゆるさなかった。蒔絵《まきえ》にたとえれば、砂子《すなご》をうっすらとはくことによって、全体の調子をやわらげるとともに、奥行を深めようとしたのである。

定家の「明月記《めいげつき》」には、百人一首について、「古来ノ人ノ歌各一首、天智天皇ヨリ家隆《いへたか》・雅経《まさつね》ニ及ブ」と記してあり、天智天皇をはじめに置くことは定《きま》っていたらしい。とすれば、次に皇女の持統天皇を据えたのは自然なことで、宇都宮氏の山荘の障子には、似せ絵と色紙が対になっていたと想像される。もともと二つの歌を一組にするのは、歌合せの伝統で、百人一首の場合は、天智天皇に持統天皇、柿本人丸《かきのもとのひとまる》に山部赤人《やまべのあかひと》といった工合に、人間関係に重きがおかれ、季節と時代にもこまかい注意が行きとどいている。

三　柿本人丸《かきのもとのひとまる》

あし引の山鳥の尾のしだりをの
　ながながし夜をひとりかもねむ

作者がいいたかったのは、要するに「ひとり寝の淋《さび》しさ」につきるが、枕詞《まくらことば》や縁語をいくつも重ねて、人待つ宵の切なさと、永遠につづく心の暗《やみ》と、あえていうなら、人生の孤独と退屈さを表現している。

若い時の私は、こういう歌が一番つまらないと思い、人丸のために残念にさえ思った。が、定家がこれを選んだのは、前半の序詞の技巧にあり、当時の人々を納得させるには、人口に膾炙《かいしゃ》した歌では新鮮味に欠けたであろう。いかにすぐれた歌でも、たとえば「ほのぼのと明石の浦の朝霧に島がくれゆく船をしぞ思ふ」では、喰い足りないものを感じたに相違ない。そういう立場に立って、改めて味わってみると、むげに駄作とはいい切れないものがある。無心にくちずさんでいると、いかにも「長い」という印象をうけるが、そこで主役を演じている山鳥は、雌雄谷間をへだてて寝る習性があり、昔の人々は、「山鳥」と聞いただけで、直感的に応《こた》えるものがあった筈《はず》である。そういうことに想《おも》いを及ぼさずに、単なる思いつきや言葉のあそびと考えるのは誤りだと思う。

「万葉集」巻十一には、「思へども思ひもかねつあしびきの山鳥の尾の長きこの夜を」の後に、「或本《あるほん》ノ歌ニ曰《いは》ク」として、この歌をあげている。巻十一には「よみ人知らず」の歌が集録されており、人麻呂《ひとまろ》の作かどうかもはっきりしないが、おそらく当時はやった民謡の一つで、似たような歌詞がいくつも存在したのではあるまいか。王朝の人々には技巧とうつったものが、実は多くの年月をかけて、多くの人々の手を経て、しぜんに洗練を重ねた結果であったかも知れない。

歌が成熟して行くように、人名にも変化があった。「万葉集」では、人麻呂と書き、ヒトマロと発音するが、平安時代に入ってからは、人丸と書くようになり、後世の人はヒトマルと訓《よ》んだ。いうまでもなく彼は万葉随一の歌人で、後には神格化されるに至ったが、その生涯はまったく不明である。折口信夫《おりくちしのぶ》氏の説によると、彼が諸国を歴任したのは、ほかいびと（身分の低い吟遊詩人）と関係があり、必ずしも一人ではなく、大勢の人麻呂がいたと推定されている。蟬丸《せみまる》、猿丸、赤人、黒人なども同じような人種で、実在していたことは確かだが、同時に、架空の人物でもあったという説は面白い。したがって、右の歌も、個人の作ではなく、大勢の人々の合作であったと考える方が、たのしくもあり、おおらかな感じがする。古典とはそういうものであり、あまり穿鑿《せんさく》しすぎると、真実の姿を見失うおそれがある。人麻呂のようなつかみ所のない人物は、一つの大きな存在、もしくは時代の象徴としてとらえればいいので、王朝人が歌聖として崇《あが》めたのは賢明であったと私は思う。

四 山部赤人《やまべのあかひと》

田子《たご》の浦《うら》にうち出《いで》てみれば白妙《しろたへ》の
ふじのたかねに雪はふりつつ

平安時代に人麻呂・赤人と並び称された歌人で、古今の序には、「人麻呂は赤人が上に立たむ事かたく、赤人は人麻呂が下に立たむ事難くなむありける」と評されたほどの人物であった。その作風は、自然描写にすぐれ、特に左の二首はよく知られている。

若浦《わかのうら》に潮満ち来れば潟《かた》をなみ
芦辺《あしべ》をさして鶴《たづ》鳴き渡る　（万葉集　巻六）

春の野にすみれ採《つ》みにと来《こ》しわれぞ
野をなつかしみひと夜寝にける　（同　巻八）

「田子の浦」の歌は、長歌に付随した反歌で、少し長いけれどもひいておきたい。

天地《あめつち》の　分れし時ゆ　神さびて　高く貴き　駿河《するが》なる　不尽《ふじ》の高嶺《たかね》を　天の原
振り放《さ》け見れば　渡る日の　影も隠ろひ　照る月の　光も見えず　白雲も　い行
きはばかり　時じくぞ雪は降りける　語りつぎ　言ひつぎ行かむ　不尽の高嶺は

反歌

田児《たご》の浦ゆうち出でて見れば真白にぞ
不尽の高嶺に雪は降りける

天智天皇

柿本人丸

持統天皇

わざわざここにひいたのは、長歌あっての反歌であり、「語りつぎ　言ひつぎ行かむ　不尽の高嶺は」と、ひと呼吸あって、さて「田児の浦ゆ」と謳《うた》い出せば、長く裾《すそ》をひいた富士山の全貌《ぜんぼう》が見渡され、どっしりとした形におさまるからである。反歌とは本来そうしたものであろう。平安時代に至って、長歌は次第にはやらなくなり、短歌が独立した時、反歌だけが残った。しかもいくらか変型せざるを得なかった。ここでも私は、持統天皇の「香具山」の歌で述べたことを、くり返さなければならない。言葉の差はわずかだが、時間的にも、空間的にも、大きな違いがあるのだと。

赤人の伝記もわかってはいない。ただ八世紀の前半に活躍したというだけで、宮廷歌人として、行幸に供奉《ぐぶ》して詠《よ》んだ歌が大部分を占めている。宮廷歌人というのが、そもそもどういう立場かはっきりせず、やはり人麻呂と同じような身分のものであったらしい。長歌の詞書《ことばがき》には、「不尽の山を望《みさ》くる歌一首」とだけ記し、旅行の途上、実際に富士山を見て詠んだのであろう。そういう驚きと喜びに満ちあふれている。

ひるがえって、百人一首の歌をみると、全体の調子がやわらかくなり、極端なことをいえば、歌枕《うたまくら》の富士山を眺めるような感じがする。「田児の浦ゆ」といえば、田子の浦一帯からの眺めになり、実際にも当時の田子の浦は、今よりはるかに広い範囲をさしたようである。が、ゆがにに変っただけで、景色は一変する。広い海原からではなく、せまい浜べに限定され、全体の印象が弱められる。動きを失うといってもいい。同じように「真白」と「白妙」では、雪の色まで違って来る。更に「降りける」と「降りつつ」では、現在形と進行形の違いがあり、前者は真白に積った雪そのものを現すが、後者は今降りつつある雪を通して、富士の姿を垣間見《かいまみ》る程度にすぎない。雪が降っている時に、富士山が見える筈《はず》はないと、そこまで理屈っぽくいうつもりはないが、富士山の輪郭がぼやけて来るのはいたし方ない。

何より大きな相違は、富士山を見た瞬間の感動が少しも伝わって来ないことである。長まして、赤人が抱いていた神山に対する敬虔《けいけん》な気持は、どこにも現れてはいない。歌をともなわないためではなく、原歌の持っている重厚なひびきを失ったからである。言葉というのはおそろしいものである。私がなるべく現代語に翻訳したくないのは、万葉の歌にしても、その改作されたものにしても、言葉の意味より、歌の姿、調べというものの方が、はるかに重要だと信ずるからである。

五　猿丸大夫《さるまるだゆう》

おく山にもみぢふみわけ鳴く鹿《しか》の
声きくときぞ秋は悲しき

宇治《うじ》から宇治川にそって溯《さかのぼ》ると、右手の山中に、宇治田原《うじたわら》という町がある。お茶の産地で知られた山間の盆地で、大和からも京都からも、伊賀・信楽《しがらき》へぬける間道が通っており、奈良時代以来の古い歴史にいろどられている。その町はずれの信楽よりの山中に、猿丸神社がひっそりと建っている。山はそう高くはないが、うっそうとした森にかこまれ、今でも鹿の声が聞えて来そうな幽邃《ゆうすい》の境である。峠の名を「猿丸峠」といい、猿丸大夫がかつてここに住んだという言伝えがあり、鴨長明《かものちようめい》の「無名抄《むみようしよう》」には左のように記してある。

田上《たなかみ》の下《しも》に曾束《そつか》といふ所あり。そこに猿丸大夫が墓あり。庄（庄園）の境にて、そこの券（証明書）に書きのせたれば、みな人知れり。

人丸のところで述べたように、彼もまた謎《なぞ》めいた人物の一人であった。古今の真名《まな》序《じょ》には、「大友ノ黒主《くろぬし》ノ歌ハ、古《いにしへ》ノ猿丸大夫ノ次也《つぎてなり》」としているから、奈良時代の頃の歌人で、右の歌も、「古今集」では、「よみ人知らず」になっている。平安中期から末期までの間に、次第に猿丸大夫の作と認められるようになり、定家も世間の常識に従ったのであろう。

柳田国男氏、折口信夫氏には、猿丸についてのくわしい考証があり、やはり神事に関係したほかいびとの一種であろうと説いていられる。猿という名前からも想像されるように、猿田彦《さるたひこ》、猿女《さるめ》の君（天鈿女命《あめのうずめのみこと》）の系統をひく芸能人ではなかったであろうか。後世の猿楽も同じような所から発生した。もしそういう人種だとすれば、「方丈記」に記されている「田上《たなかみ》山」の神人《じにん》であったかも知れない。田上は古代から信仰された神山で、後に仏教と結びついて、修験道の霊場となった。

「おく山にもみぢふみわけ」には、二説あって、自分がふみわけるのか、鹿がふみわけるのか、どちらにもとれる。そういうことも、あまり穿鑿《せんさく》すると、興趣を失うように思われる。しいていえば、自分が紅葉を踏みわけて行く姿に、妻恋う鹿の声が重なって、山の静けさと、秋の寂しさが感じられれば充分であろう。現代語に訳すより、何も考えずにこの歌を口ずさんでいれば、しみじみした秋の気配が迫って来るに違いない。歌でも絵でもほんとうに鑑賞するということは、すべての先入観や偏見を忘れることであり、無心で付き合うことが大切だと思う。

六 中納言家持《ちゅうなごんやかもち》

かささぎの渡せる橋におく霜の
　白きをみれば夜ぞふけにける

かささぎの橋は、牽牛《けんぎゅう》・織女《しょくじょ》のために、天帝が鵲《かささぎ》に命じて、天の川に橋をかけさせたという中国の伝承に起った。それより天の川のことを、かささぎの橋と呼ぶようになったが、日本に渡ってから、織女は神の衣を織る棚機女《たなばたつめ》に変身し、七夕の祭と結びついた。以来、鵲の橋は男女の仲を取持つ橋、また神と人とのかけ橋とも見られるようになり、天上にかかる橋は、次第に殿上《てんじょう》へ登るきざはしに変って行った。この歌の場合も、夜更《よふ》けて宮中へ伺候《しこう》した大伴《おおとも》家持が、御所のきざはしにおく霜を見て、夜が更けたことを知ったという、賀茂真淵《かものまぶち》の説が有力になっている。私も最初のうちはそう考えた方が面白いと思っていた。が、やはり天の川と見た方が自然であり、景色も大きく広がるような気がする。

七夕と霜夜では季節を異にするが、天の川は冬でもよく見えるし、男女が逢《あ》う橋という伝統的な考え方からいえば、歌はそこで終ったのではなく、夜も更けたから女のもとへ通いたいという、そこはかとない願望が秘められているように見えなくもない。そこまで深読みせずとも、この歌の調べに耳を澄ましていると、しんしんと更けゆく夜の足音が聞えて来て、悠久の時間の流れといったような余韻が感じられる。

人麻呂を「万葉集」前半の代表者とみれば、家持は後半の立役者といえるであろう。「万葉集」の編纂《へんさん》にも、大きな功績をはたしたと聞く。前述の猿丸大夫とは対照的に、大和の豪族大伴氏の首長であり、なまじ古い家柄であった為《ため》に、都が長岡京に移った後は、不遇の中に生涯を終えた。「万葉集」には、四百数十首も入っており、数が多いことでは群をぬいている。前代のおおらかな歌風に比べると、八世紀に生きた家持の作は、いくらか線が細くなり、平安初期の歌に近づいている。上述の歌は、「新古今集」冬の部に、「題知らず」として取りあげられているが、家持の真作とは思えない。が、秀歌であることに変りはなく、万葉から古今へ移って行く時代の動きがうかがわれる。万葉の家持の歌は、もう少し味がこまかいというか、寂しいといおうか、詞《ことば》を重ねて音楽的な美しさを強調しているように思う。

あしびきの山さへ光り咲く花の
散りぬるごとき吾《わ》が大君《おほきみ》かも　（万葉集　巻三）

たまくしげ二上山に鳴く鳥の
声の恋しき時は来にけり　（同　巻十七）

わが宿のいささ群竹《むらたけ》ふく風の
音のかそけきこの夕べかも　（同　巻十九）

最初の歌は、天平《てんぴょう》十六年（七四四）、聖武《しょうむ》天皇の皇太子、安積皇子《あさかのみこ》が夭折《ようせつ》された時（毒殺であったという）、そば近く仕えた家持が、愛惜の情を吐露した歌である。次の「二上山」は、そこにはやがて没落して行く大伴氏の運命を予感させるものがある。大和のそれではなく、越中《えっちゅう》の国に赴任した際、氷見《ひみ》の近くにそびえる二上山を望んで、望郷のおもいを「鳴く鳥」に託して謳《うた》った。最後の歌は、天平勝宝五年（七五三）の作で、ものを見る目が円熟したことを語っている。「いささ群竹」には、「五十竹葉群竹」の文字をあてており、孟宗《もうそう》ではなく、細い竹であったに違いない。その清らかな竹林を「ふく風の音のかそけきこの夕べかも」と、詞をたたみかけることによって、音楽的な効果をあげている。このように繊細な歌の調べは、天平以前には見られなかったもので、将来新古今の幽玄に到達する萌芽《ほうが》ともいうべきものが現れている。世紀末的なロマンティシズムを具現した点において、家持と定家の間には、共通する性格が見出《みいだ》せるように思われる。

七　安倍仲麿《あべのなかまろ》

天《あま》の原《はら》ふりさけみれば春日《かすが》なる
三笠《みかさ》の山にいでし月かも

正しくは阿倍仲麻呂と書く。養老元年（七一七）十六歳の時に、吉備真備《きびのまきび》、玄昉《げんぼう》等とともに、留学生として唐に渡り、李白《りはく》、王維《おうい》など、多くの詩人達と親交があった。玄宗《げんそう》皇帝の寵《ちょう》を得て、名を晁衡《ちょうこう》（又は朝衡）と改め、政府の高官に任ぜられ、数十年の間、中国に滞在した。時は盛唐文化の華やかなりし時代で、仲麻呂は身も心も魅了されたであろう。何度か帰国する機会はあったのに、あえて長安《ちようあん》の都に止《と》どまったのは、第二の故郷として、離れがたい感情を抱いていたに違いない。が、さすがに老年になって、日本が恋しくなったのか、又は唐に動乱が起ったためか、天平勝宝《てんぴようしようほう》五年（七五三）、遣唐使の藤原清河《ふじわらのきよかわ》とともに帰国しようとしたが、途中難破して安南《アンナン》に漂着し、そこで死んだとも、再び長安に帰ったともいわれている。

「古今集」には、「もろこしにて月を見てよみける」という詞書《ことばがき》があり、明州という所の浜べで、唐の友人が送別会を開いてくれた。「夜になりて、月のいと面白くさし出《い》でたりけるを見てよめる」という注釈がついているが、帰国の途中、海上で詠《よ》んだという説もある。のびのびした歌の姿には、望郷の悲しみなど感じられず、大和の中のどこかから、三笠山にのぼる月を見たといってもいいくらいだが、昔から「たけたかく、余情《よぜい》かぎりなき歌」とされたその伝統は重んじたい。

もし阿倍仲麻呂が、ほんとうに作ったとすれば、安南に漂着した後のことではなかろうか。故郷に帰る望みも絶え、老いた詩人の眼に、南国に特有な赤く暑い月がうつった。その瞬間、昔大和で眺めた清らかな月を思い出し、なつかしさのあまり自然に口をついて出た、そういう場面を私は想像してみたこともある。

この三笠山は、今温泉場になっているあの三笠山ではない。本来なら「御蓋山」と書くべきで、春日神社の神体山を指すのだと思う。春日曼荼羅《まんだら》には、その御蓋山から月がのぼる風景が描かれており、阿弥陀《あみだ》の来迎《らいごう》を想《おも》わせる崇高な自然描写は、神仏混《こん》淆《こう》の歴史を、無言のうちに表現している。この歌は、そういう場面を謳《うた》ったもので、一種の曼荼羅とみても間違ってはいまい。古い歌集には、「神詠」と称するものが出て来るが、おそらく「よみ人知らず」の神人《じにん》か巫女《みこ》が作った歌で、神がのりうつって神託を与えた場合も少くなかったであろう。もし、阿倍仲麻呂という特異な人物が存在しなかったら、この歌も春日の「神詠」として集録されていたかも知れない。どうみても万葉最盛期の歌とは考えられず、「古今集」の調べに近いのを思う時、仲麻呂の作とすることは無理なようである。書いている間に、しぜんに以上のような結論に達したが、私の直感が誤っていなければ幸いである。

八 喜撰《きせん》法師

わが庵《いほ》は都のたつみしかぞ住む
世をうぢ山と人はいふなり

辰巳《たつみ》は東南、「しかぞ住む」は、このように心を澄ましているのにと、鹿《しか》が住むにかけてあり、宇治を憂しに通わしている。世間をからかっているような口調だが、負け惜しみのように聞えなくもない。真淵《まぶち》は「是《これ》はわれ世の中をうしと思ふ故《ゆゑ》にのがれ来てここに住めり」と、「宇比真奈備《うひまなび》」の中で述べているが、おそらくそれが正しいであろう。

古今の序には、喜撰法師を評して、「詞《ことば》かすかにしてはじめをはりたしかならず。いはば秋の月を見るに、暁の雲にあへるが如《ごと》し」といっている。この歌の評価は、また喜撰法師の生涯にも通じるもので、六歌仙の一人に選ばれ、今の世まで知らぬ人とてないが、その伝記はまったく不明で、歌も一つしか残ってはいない。右の批評も漠然としており、秋の月が明方の雲にかくされたというのは、褒めているのか、貶《けな》しているのか、おそらくその両方であろう。それにしても、一首しか残っていないのは不思議である。

「元亨釈書《げんこうしやくしょ》」では、「窺仙《きせん》」の字を当て、宇治山に住んで「密呪《みつじゅ》」を行い、長生を祈願していたという。また「穀を辟《さ》け、餌《じ》を服せり、一日雲に乗りて去にけり」と記し、その庵室《あんしつ》は宇治山とも御室戸《みむろど》にあったとも伝えている。鴨長明《かものちょうめい》の「無名抄《むみょうしょう》」には、

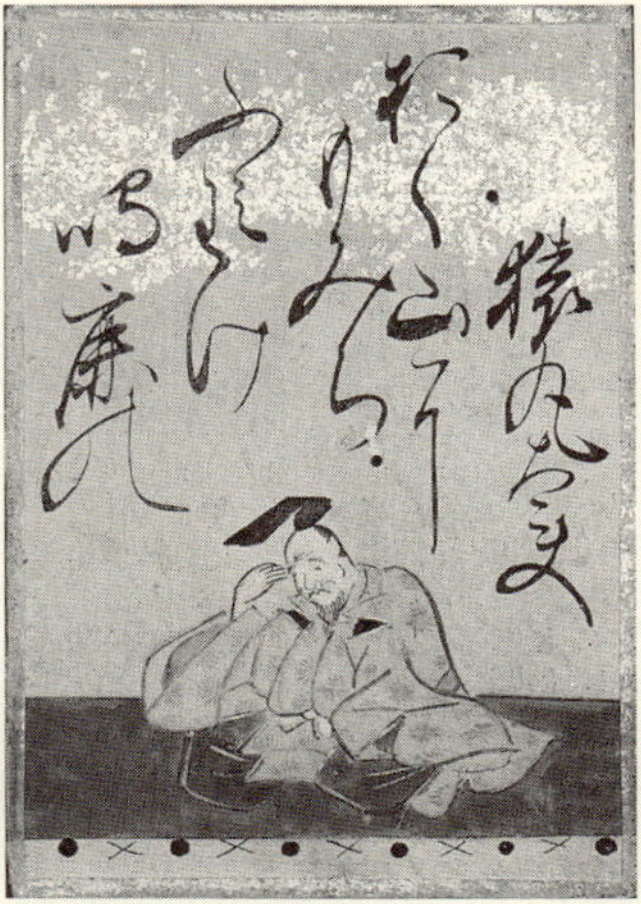
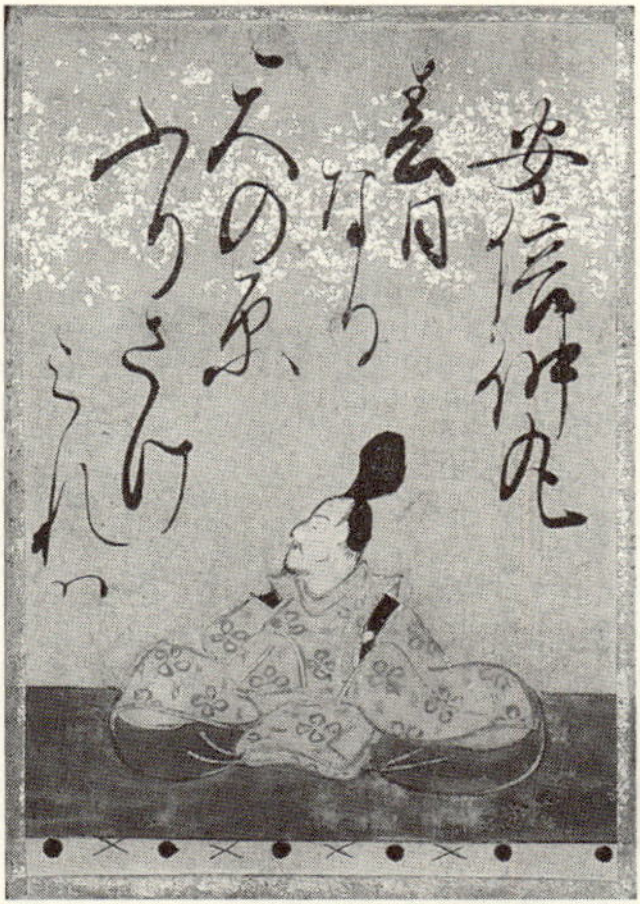

「三室戸の奥に二十余町ばかり山中へ入りて、云々《うんぬん》」とはっきりと記してあり、今も宇治の東北にそびえる山を一名「喜撰山」、「喜撰ヶ嶽《たけ》」とも呼んでいる。私は登ったことがないけれども、かなり険しい道で、法師の住んでいた洞窟《どうくつ》が残っていると聞く。めったに人が行くところではないから、これは信じてさし支えないと思う。「元亨釈書」では、「神仙」の部に入っており、天平末期か、平安の極く初期に実在した人物で、歌人というより、役行者《えんのぎょうじゃ》のような聖《ひじり》として、名が聞えていたのであろう。もしくは、別人のよんだ歌が、「宇治山」というだけで、喜撰法師に託されたのかも知れない。たしかに実在はしたが、架空の人物でもあったという折口信夫《おりくちしのぶ》氏の言は、彼の場合にも当てはまることで、「秋の月を見るに、暁の雲にあへるが如し」という紀貫之《きのつらゆき》の評は、歌の特徴を現すとともに、謎《なぞ》に包まれた喜撰法師の姿でもある。

九　小野小町《おののこまち》

花のいろはうつりにけりないたづらに
我身よにふるながめせしまに

実在したが架空の人物でもあったという説が、もっともよく当てはまるのは小野小町かも知れない。一応「出羽《では》の郡司が女《むすめ》」として知られているが、それが小野氏の誰であったか不明である。生没年は勿論《もちろん》のこと、実名もわかってはいない。たしかなことは、仁明《にんみよう》天皇の頃、宮廷に仕えていた、たぐい稀《まれ》なる美女であり、歌の上手として知られているだけで、在原業平《ありわらのなりひら》、文屋康秀《ふんやのやすひで》、僧正遍昭《へんじよう》などと親しかったのは、「古今集」の問答歌から知ることが出来る。前に私は、「夢に生きる女」という題で、小町について書いたことがあるが、実際にも夢の歌が圧倒的に多いだけでなく、古今を通じて大衆の「夢の中に生きた女」でもあった。

「花のいろは」の歌は説明するまでもないが、下の句には技巧が凝らしてあり、世に経るという詞《ことば》に、古びて行くと、雨が降る意味を重ね、ながめを長雨にかけて、短い句のなかで複雑な表現を行っている。もともとながめという日本語は、微妙な陰影のある言葉で、景色を眺《なが》める、歌を詠めるから、退屈な気持、物思いに沈む風情《ふぜい》までふくまれていた。それは漢字ではとても言い現せない言葉であり、万葉の歌が、古今・新古今の世界へ発展して行く背後には、仮名と草書の発達が、大いにあずかっていたと思われる。小野小町は、それらの特徴を自在に駆使した歌人で、定家が右の一首をえらんだのも、そういう才能を高く評価したからであろう。掛詞や縁語を無視して味わっても、この歌は充分うつくしい。「李花《りか》一枝雨を帯びたる」風情とは、まさにこういう姿をいうのだと思う。

うるわしい容姿と才能で有名になった彼女は、伝説につぐ伝説を生み、ついにほんとうの姿を失うに至った。小町が住んだところ、小町の墓と称するものは、日本中の至るところに散在している。「小野」という地名は、殆《ほと》んど彼女の伝説と結びついているが、出羽の出身というところから、東北地方にも少くない。室町時代には、「玉造小町壮衰書《たまつくりこまちそうすいしょ》」という説話と混同され、老いさらばえて、乞食《こじき》になったという話に発展した。

百年《ももとせ》にひととせ足らぬ九十九髪《つくもがみ》
われを恋ふらし面影に見ゆ

という「伊勢物語」の歌を元に、猿楽は九十九歳の小町の姿を、「卒都婆《そとば》小町」「鸚鵡《おうむ》小町」「関寺《せきでら》小町」などに戯曲化し、その伝説に拍車をかけた。それにはおそらく深い理由があった。古《いにし》えのほかいびととは異なるが、物語を語って歩く巫女《みこ》とか比丘尼《びくに》のたぐいが、小町の逸話をたずさえて、諸国を放浪したからである。彼等は古代の語り部《べ》の末流で、同じく諸国を巡業した猿楽者や田楽者が、それらの語りものの中から素材を得た。そういう風にして、小町の物語は途方もなくふくらみ、実際の人間とは似ても似つかぬ映像を造りあげて行った。小野氏という家柄が、語り部と関係が深かったことも、大きな要因の一つといえよう。そして、この比丘尼か巫女が旅先で死んで埋葬されると、即《すなわ》ち小町の墓所ということになったのも、素樸《そぼく》な人々の心情としては自然なことであった。小町の伝説には、日本人のさまざまな性格と傾向が現れていて面白い。彼女も猿丸大夫《さるまるだゆう》や喜撰法師と同じように、長い年月と多くの人々の手を経て、創造された一つの偶像なのである。

十　蟬丸《せみまる》

これやこの行くも帰るも別れては
知るも知らぬも逢坂《あふさか》の関

萩原朔太郎《はぎわらさくたろう》氏は、「和歌の韻律について」という文章の中で、次のように評している。

この歌をよむと、逢坂の関所のあたりを、東西に右往左往していた旅客の姿が、いかにも慌《あわただ》しげに浮んで来る。その効果はもちろん音象に属するので、先《ま》ず「これやこの」というせきこんだ調子に始まり、続いて「行くも」「帰るも」「知るも」「知らぬも」と各節毎《ごと》に mo 音を重ねて脚韻している。

私にもしつけ加えるものがあるとすれば、「慌しげに」聞えるにも関わらず、水の流のように流麗で、静逸なものを感じる。それは蟬丸が盲目の琵琶《びわ》法師であったことと無関係ではあるまい。「後撰集《ごせんしゆう》」には、「相坂の関に庵室《あんしつ》をつくりてすみ侍《はべ》りけるに、ゆきかふ人を見て」という詞書《ことばがき》がついており、蟬丸は盲目ではなかったという説もある。それは心眼というものの存在を忘れた人の言である。盲目ならば尚更《なおさら》のこと、人のざわめきや気配には敏感だったに違いない。慌しくても、騒々しくないのは、音楽に身を託した盲人の諦観《ていかん》が、底を流れているからだと私は思う。

逢坂山には、峠の上と麓《ふもと》（京都の近江《おうみ》の側）に三つも蟬丸神社が建っている。おそらく古代には、坂の神を祀《まつ》った社で、麓の二社は、山口の神社であったと想像される。逢坂山は防衛上重要な地点で、早くも孝徳天皇の大化二年（六四六）には、関所がもうけられ、坂の神は東西をへだてる「境の神」であり、関所を守る「関の神」でもあった。そういう所には芸能人が集っていたから、蝉丸もその一人ではなかったであろうか。「今昔物語」には、醍醐《だいご》天皇の頃、源博雅《ひろまさ》という琵琶の上手が、三年の間通いつめて、蝉丸から秘曲を伝授されたという逸話がのっている。名人の常として、気難しい人間だったらしく、乞食《こじき》のようにおちぶれても、中々人に教えなかったようである。そのあたりから蝉丸の存在は次第に大きくなり、「平家物語」にとりあげられた頃には、延喜《えんぎ》（醍醐天皇）第四の皇子が、世をしのぶ姿に昇格されてしまう。謡曲の「蝉丸」はそれに則《のっと》って作曲されたが、平安時代の蝉丸は、まだ一介の琵琶法師で、「今昔物語」には、二首の歌を残している。

世の中はとてもかくてもすごしてむ
　宮も藁屋《わらや》もはてしなければ
逢坂の関の嵐《あらし》のはげしきに
　しひてぞゐたる世をすごすとて

「宮も藁屋も」といったのは、かつて蟬丸は敦実《あつみ》親王（宇多《うだ》天皇の皇子）に仕えた雑《ぞう》色《しき》（下人）だったからで、そこから醍醐天皇の皇子という伝説も起ったのであろう。蟬丸はまた蟬声《せみごえ》（高くしぼり出すような音声）をよくしたというが、琵琶の名人と同じ人物であったかどうかわからない。この場合も、固有名詞であると同時に、「蟬丸」という職業的な一般名詞ではなかったであろうか。したがって、以上にあげた歌の作者も、それぞれ別の蟬丸かも知れないのである。「新古今集」にも、二首の歌が選ばれているが、鴨長明は「無名抄」の中で、「会坂に関の明神《みやうじん》と申は昔の蟬丸也《なり》。そのわらやの跡を失はずして、そこに神となりて住み給《たま》ふなるべし」と記しており、平安末期頃には、名もない関の神（又は坂—境の神）に、蟬丸の名声がとって代ったようである。山の神とか水の神を祀った古い社では、有名人を祭神にすることが多く、人丸や猿丸の場合もその例に洩《も》れない。古今の序にいう「高き山も麓の塵《ちり》ひぢよりなりて、天雲たなびくまで生ひのぼれるが如《ごと》くに、この歌もかくの如くなるべし」は、蟬丸の場合にも当てはまる。和歌の徳、音楽のたまものというべきだろう。

十一　参議　篁《たかむら》

わたのはら八十島《やそしま》かけて漕《こ》ぎいでぬと
人にはつげよあまのつりぶね

小野篁（八〇二—八五二）は、岑守《みねもり》の子で、幼年の頃は弓馬の道に専心し、性不羈《ふき》にして直言を好み、世に容《い》れられなかったので、「野狂」とも呼ばれた。成人してからは学問の道に入り、漢学者としても、歌人としても著名であったが、また不思議な逸話を残したことでも知られている。「今昔物語」には、彼が閻魔《えんま》大王と交流があり、昼は朝廷に仕え、夜は地獄へ通ったという話がのっており、その道は六波羅《ろくはら》の珍皇寺《ちんのうじ》から、嵯峨《さが》の六道の辻《つじ》へ通じていたという。珍皇寺のあたりは今でも「六道の辻」と呼ばれ、嵯峨の大覚寺にも、「六道町」という地名があって、厭離庵《えんりあん》の北に当る「生六道《せいのりくどう》」がそれであるという。「生六道」というのは、篁が地獄から蘇《よみがえ》ったことを示すのであろうか。そのあたりには、墓場や石仏が散在し、今でも陰気くさい所だが、そういう石仏や石塔を集めたのが、有名な化野《あだしの》の念仏寺で、化野も、六波羅も、古くは風葬の地であった。後に篁は地蔵信仰と結びつき、京都の「六地蔵めぐり」の祖となったのも、そういう因縁があったからである。

小野小町の章でも述べたように、多くの霊験談がつきまとうのは、小野氏に附随した語り部の伝統によるのであろう。小町の性格にも、多分に巫女《みこ》的な要素があるが、篁も異常な体験の持主で、彼等の血の中には神霊的なものが流れていたに違いない。彼が「野狂」と呼ばれたこと、また一族にすぐれた芸術家が生れたことも、そういう体質と無関係ではあるまい。

承和《じようわ》五年（八三八）、篁は遣唐使に任ぜられた。が、大使の藤原常嗣《つねつぐ》と不和になり、病と称して乗船しなかった為《ため》に、嵯峨上皇の勅勘をこうむり、隠岐《おき》の国へ遠島になった。これはその時よんだ歌である。

時刻は夕暮であろう。茫漠《ぼうばく》とした海原に、島影が遠ざかって行き、海人《あま》のいさり火が点々と海上に浮ぶ。聞えるものは舟を漕ぐ櫓《ろ》の音ばかり。そういう風景が彷彿《ほうふつ》とされるが、流人《るにん》の頼りない気持が、海人の釣舟によそえて切々と迫って来る。そこには個人的な悲しみより、海原の大きな景色——あまりに大きすぎて、よるべのない寂しさが表現されているような感じがする。海人部《あまべ》の人々が伝えた貴種流離譚《きしゆりゆうりたん》という説もあるが、それにしては個性が強く出すぎている。やはり小野篁が流された時に詠《よ》んだ歌を、小野氏の一族が伝承したと考えるのが自然であろう。

十二　僧正遍昭《へんじよう》

あまつ風雲のかよひ路ふきとぢよ
　乙女の姿しばしとどめむ

五節《ごせち》の舞姫の姿が美しいので、天女にたとえて詠んだ歌である。僧正遍昭は六歌仙の一人で、古今の序には、「歌のさまは得たれども、まこと少し」としている。この歌も華麗ではあるが、それ以上のものではない。が、百人一首といえば、「あまつ風」といいたくなる程一般にうけているのは、極彩色の絵のようで、口当りがいいからであろう。甘いということも重要な特技の一つで、甘いことを巧みにいうのはやさしいことではない。そういえば、今まで述べて来た歌でも、定家はわかりやすいことを第一としたようで、今の言葉でいえば、大衆的というのが、百人一首の条件の一つではなかったか。八十歳になんなんとしていた定家は、むつかしい歌論にはあきあきして、ひたすら平明であることを願っていたかも知れない。

僧正遍昭は、桓武《かんむ》天皇の孫で、俗名を良岑宗貞《よしみねのむねさだ》といった。仁明《にんみょう》天皇の崩御に会い、世をはかなんで出家したというが、呑気《のんき》な人間だったらしく、その後も俗界と交渉を重ねていた。その性格は、小野小町との贈答歌によく現れているように思う。

それは僧正遍昭が大和の石上《いそのかみ》に住んでいる時だった。小野小町が石上神社に参詣《さんけい》して、偶然そのことを知り、このように詠んで贈った。

いはの上に旅ねをすればいと寒し
苔《こけ》の衣をわれにかさなむ

すると、こういう歌が返って来た。

世をそむく苔の衣はただひとへ
かさねばうとしいざふたり寝む

小町は、石上を岩の上にたとえ、そういう所で寝るのは寒いから、衣を貸してくれ、といったのに対して、遍昭は、衣は一つしかないから、いっそのこと二人で寝ようと

小野小町

参議篁

蝉丸

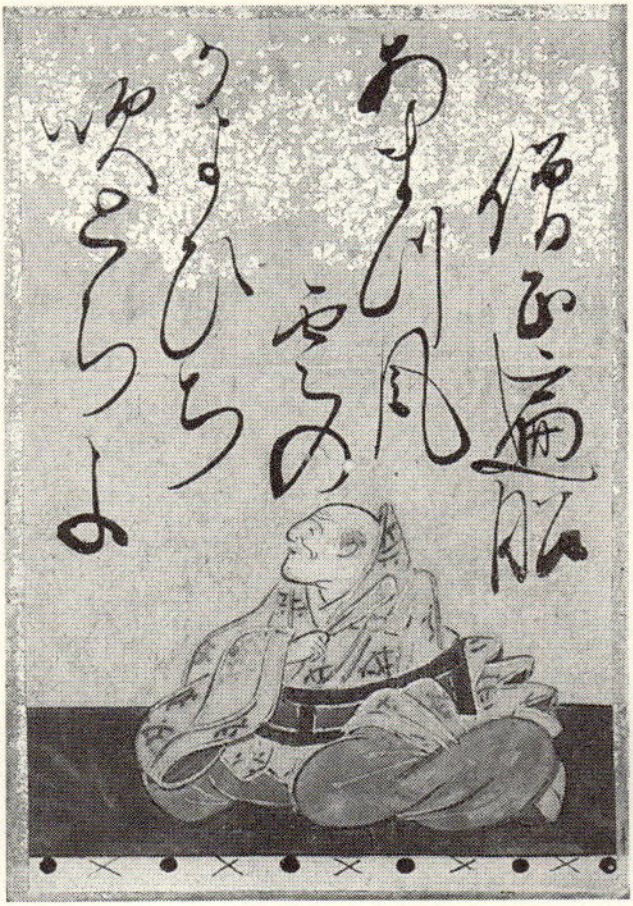
僧正遍昭

答えたのである。だからといって、二人の間に関係があったと思うのは誤りで、状況に応じて巧みに歌を取交すのが、王朝の人々の付き合いであった。僧正遍昭は、そういう場合の機智《きち》にとんでおり、当時として得がたい人物であったに違いない。定家は彼の美点も欠点も知りつくした上で、多くの歌の中から、「あまつ風」の歌をとったのであろう。すべての歌書と歌学に通じていた定家は、自分の主張はさておき、その人物に一番似合った歌を選んだように思われる。

十三　陽成院《ようぜいいん》

つくばねの峯《みね》より落《おつ》るみなの川
こひぞつもりて淵《ふち》となりぬる

子供の時、私は、一気呵成《かせい》に詠《よ》みくだした上の句から、恋を鯉《こい》に取りちがえていた。が、子供心にも、ひと方ならぬ烈《はげ》しさを感じていたことは確かである。

陽成天皇は、清和天皇の皇子で、母は藤原高子《たかいこ》である。御悩《ごのう》のために、若い時から乱行がたえず、在位八年で退位を余儀なくされたという。これは光孝天皇の皇女、釣《つり》殿《どの》の皇女《みこ》に切ない恋心を訴えた歌で、偏執狂的なところのある方だから、却《かえ》ってよい歌が出来たのかも知れない。「つくばね」は筑波山《つくばさん》のことで、「峯」の枕詞《まくらことば》とも解されるが、このような場合は、かさね詞ともいい、語気を強めるために嶺《ね》と峯を重ねていったのである。

「みなの川」はその山上から流れ出る川で、水無之川、男女川とも書く。ここでは「男女川」が念頭にあったと想像される。下の句の「淵となりぬる」を、「淵となりける」といった時もあり、私はその方が深くなると思う。が、例によって、定家はそうはっきり言い切るよりも、「なりぬる」とやさしく終った方が、余情があると信じたであろう。

天皇は十六歳で退位された後、六十五年も生きて、天暦《てんりやく》三年（九四九）八十一歳で崩御になった。その一生はみじめなものであったに違いない。そう思って鑑賞してみると、いっそう天皇の切ない思いが身にしみる。万葉時代から、しきりに謳《うた》われた筑波山は、既に歌枕《うたまくら》と化していたが、ここではそういう感じはなく、実際に烈しい川音が耳に聞え、暗い深淵《しんえん》が目に見えて来る。勢がいいというよりも、むしろ純粋な、――純粋すぎるために、報われることのない悲恋の歌として味わいたい。

十四　河原《かわら》左大臣

陸奥《みちのく》のしのぶもぢずり誰ゆゑに
乱れそめにし我ならなくに

河原左大臣は、源融《とおる》のことである。嵯峨天皇の皇子に生れ、六条河原の院に住み、風流な生活を送ったので、「河原の大臣《おとど》」と呼ばれた。河原の院には、鴨川《かもがわ》の水をひき千賀《ちが》の塩竈《しおがま》に似せた庭園を造り、難波《なにわ》の浦から海水を運ばせて、汐焼《しおや》きをしてたのしんだという。その優雅な暮しぶりは、謡曲にも脚色されて有名になったが、宇治にも贅沢《ぜいたく》な別荘を造り、これが後の平等院となった。また嵯峨の清涼寺《せいりようじ》（釈迦《しやか》堂《どう》）も、融の別荘の跡と伝えられ、門を入った左手に、美しい石の供養塔《くようとう》が建っている。

この歌にも、そういう趣味人にふさわしい優しい心ばえが現れている。女から恨み言をいわれて、言いわけをした歌であるが、少しのたるみもなく詠《よ》み下しているのが美しい。一首の意味は、このように心が乱れるのは、一体誰のためか、と婉曲《えんきよく》になじっており、序詞の技巧によって、その真意が少しも弱められてはいない。

「しのぶもぢずり」については、色々の説があるが、東北地方で、しのぶ草を布に摺《す》った原始的な染めものである。信夫《しのぶ》の郡《こおり》で行われていたともいい、文様が乱れているところに趣きがあった。今でも秋田には、蕗《ふき》の葉を布に摺りつける手法が残っているが、大体似たようなものと考えていいと思う。恒久性のない染めものであるから、祭や儀式の場合にだけ用い、その時かぎりで焼く習慣があった。そういう装束を「小忌《おみ》衣《ごろも》」と呼んだが、その名からして神聖なきものを意味したことがわかる。

そういうことをあらかじめ心に置いて、この歌を味わってみると、いっそう興味が湧《わ》く。自分は清浄な身であるのに、何故《なぜ》疑うのかという心が裏にかくされているからだ。が、そんなことは知らなくても、この歌が美しいことに変りはない。「しのぶの乱れ」、「陸奥のしのぶ草」といったような詞《ことば》は、王朝の人々に愛され、その後も熟語となって和歌の世界をうるおした。美しい日本語の一つだと思う。

十五　光孝《こうこう》天皇

君がため春の野にいでて若菜つむ
わが衣手《ころもで》に雪はふりつつ

「古今集」の詞書《ことばがき》には、「仁和《にんな》のみかど、みこにおましましける時に、人にわかな賜《たま》ひける御歌」としてある。光孝天皇の在位中の年号が、「仁和」であったところから、仁和の帝《みかど》とも、小松の帝とも呼ばれた。相手の人が誰であったかわからないが、即位以前は時康親王といい、まだお若い頃の作であったと思う。そういう初々《ういうい》しさが現れており、手ずから摘まれたような感じが、新鮮な香りとなってただよう。勿論《もちろん》、そんなことを親王がされた筈《はず》はないが、御前に供された若菜を見て、淡雪の降る場面を想像なさったに違いない。若菜は邪気を払うものとされており、それを摘むことは初春の行事となっていたから、愛する人のために、特別に歌をそえて贈られたのであろう。

光孝天皇は、仁明天皇の第三皇子で、天長七年（八三〇）に誕生し、元慶《がんぎよう》八年（八八四）五十四歳で即位された。先に記した陽成天皇の突然の退位によるもので、藤原基経《もとつね》が推薦したという。老年になるまで親王のままですごされたのが、却《かえ》ってよい結果を生んだのかも知れない。穏和な性格で、歴史にくわしく、容姿は閑雅であったと伝える。宇多《うだ》（五十九代）、醍醐《だいご》（六十代）、朱雀《すざく》（六十一代）、村上（六十二代）とその後も光孝天皇の系統がつづいて行くのは、平安初期の不安定な世相が、仁和の帝が位につくことによって、治まったからであろう。このお歌からも、そういう風格がうかがわれるが、私が子供の頃、天智《てんぢ》天皇の「わが衣手」と似ているところから、よく「お手つき」をしてしくじったことも、今はなつかしく思い出される。

なお、若菜を奉《たてまつ》ることは、醍醐天皇の時代から、朝廷の年中行事になったと聞くが、民間では古代から行われていたと思う。そういう風習に、光孝天皇の秀歌が結びつき、やがて公《おおや》けの行事になったものと考えたい。天智天皇の御製と同様、民の苦しみを思って作られたという説もあるが、そういう考え方は却って歌の美しさを損う。それよりありのままにうけとった方が、天皇の暖かいお気持がうかがわれるのではなかろうか。

十六　中納言行平《ちゅうなごんゆきひら》

立ち別れいなばの山の峯におふる
まつとし聞かば今かへりこむ

「古今集」離別歌の最初にあげてあり、人と別れる時の挨拶《あいさつ》の歌である。行平は在原《ありわらの》業平《なりひら》の兄で、「文徳実録《もんとくじつろく》」には、斉衡《さいこう》三年（八五六）因幡守《いなばのかみ》に任ぜられたとあり、任終って帰国する時の詠歌であろう。相手は誰ともわからないが、「いなばの山」は、因幡国(鳥取県)法美郡稲羽にある山で、今でも松が多いことで知られている。因幡国のいわば象徴ともいうべき神山であったに違いない。とすれば、相手は特定の人ではなく、国に別れを告げたとも考えられる。反対に、赴任する時、都の人に残したという説もあり、その方が有力だが、私は今述べたような理由から、帰国する時、別れを惜しんだ歌と解している。

　意味はむつかしくはないが、「いなば」に去なばを、「松」に待つをかけており、やや技巧的な歌といえる。弟の業平ほどの魅力はないが、やはり上手な歌人であった。その後、行平は須磨《すま》に籠居《ろうきょ》し、「古今集」には別に左の歌もとられている。

　　田村の御時《おほんとき》に、事にあたりて、須磨といふ所にこもり侍《はべ》りけるに、
　　　宮のうちに侍りける人につかはしける
　　わくらばにとふ人あらば須磨の浦に
　　藻塩《もしほ》たれつつわぶと答へよ

「田村の御時」は、文徳天皇の時代で、何か事件があって、須磨にかくれていたので

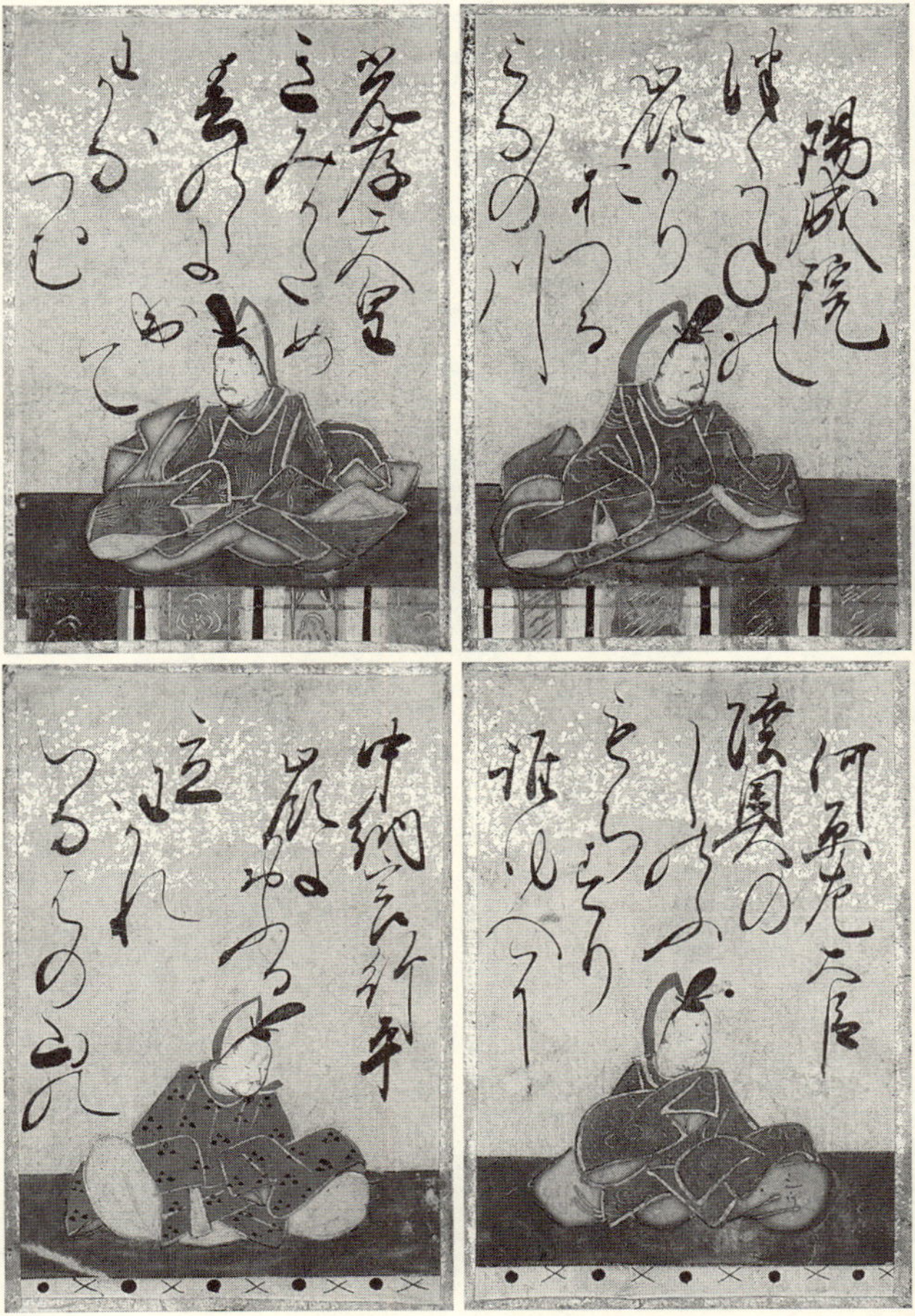
陽成院
光孝天皇
河原左大臣
中納言行平

あろう。わくらばは、青葉にまじる黄葉のことで、「病葉」の字を当て、転じて稀《まれ》にとか、たまにの意となった。「源氏物語」須磨の巻は、あきらかに行平をモデルにしているが、謡曲の「松風」は、この二つの歌を素材に、幽艶《ゆうえん》な物語をつくり上げた。世阿弥《ぜあみ》より以前の古作で、はじめは「汐汲《しおくみ》」とも、「松風村雨」とも呼ばれていた。行平が須磨の謫居《たっきょ》で、松風・村雨という二人の海人《あま》乙女《おとめ》を寵愛《ちょうあい》し、旅僧の夢に姉妹の幽霊が現れて、恋慕の物語を舞う。その主題歌が「立ち別れ」の歌で、因幡の山の松が、「松風」という女性に象徴されている。お能では、「源氏物語」の文章と、「古今集」の歌の詞《ことば》が、たくみに総合され、美しい絵巻物をくり広げる。はじめに私が「立ち別れ」の歌を、因幡を立つ時の作だといったのは、そういう先入観があった為《ため》に他ならない。「古今集」の歌から、「源氏物語」へ、そして能の幽玄へと発展して行った伝統の力は大きい。私ならずとも、「松風」の能を一度でも見た人は、そういう考え方から逃れられないであろう。

十七　在原業平朝臣《ありわらのなりひらあそん》

ちはやぶる神代《かみよ》もきかず竜田川
からくれなゐに水くくるとは

「古今集」の詞書《ことばがき》には、「二条の后《きさき》の春宮《とうぐう》のみやす所と申しける時に、御屏風《びやうぶ》に立田川に紅葉流れたるかたをかけりけるを題にてよめる」と記してあり、素性《そせい》法師の歌と並んでいる。

もみぢ葉の流れてとまる湊《みなと》には
くれなゐ深き波や立つらむ　そせい

その次に業平の歌が出ているが、同じ屛風に二つの歌をそえたのであろうか。調度の類《たぐい》ができ上った時に、その作品を賞玩《しょうがん》し、ことほぐことは、王朝人の間でしばしば行われたしきたりで、中でも屛風歌を奉《たてまつ》ることは、重要な儀式の一つであった。そのためか、業平の作としては、いかにも題詠歌らしく、取り澄ました気分である。

周知のとおり、二条の后が入内《じゅだい》される前、業平との間には熱烈な恋愛関係があった。入内された後までも、業平は后のことを忘れることが出来なかったらしいから、題詠にことよせて、自分の情熱を水くぐる紅葉の紅いにたとえたのかも知れない。そういえば、素性法師の詠歌も、二人の恋を揶揄《やゆ》したように思われなくもない。

「ちはやぶる」は、神の枕詞《まくらことば》で、勢のはげしいことの形容である。ここに詠《よ》まれた竜田川は、大和川のことで、今の竜田川を、昔は平群《へぐり》川といった。大和川のほとりには、竜田大社が鎮座しており、古くから信仰された風の神であった。したがって、「ちはやぶる」は、「神代」の枕詞であるとともに、「竜田川」にもかかっていたと思う。その神がもたらす風によって、吹き散らされたもみじ葉が、竜田の川（大和川）に浮ぶ風景を謳《うた》ったのであろう。あまり穿鑿《せんさく》すると、歌の姿をこわすおそれがあるが、この場合はそういうことを念頭において鑑賞した方が厚みを増す。これは知識というより、歴史の厚みである。

「からくれなゐに水くくる」には、水をくぐるという説と、絞りのくくりと両方あるが、業平の秘められた恋心とみれば、水くぐるの方が適切だし、不思議な現象ととれば、絞りの方が神の仕業にふさわしい。少し勝手な解釈かも知れないが、業平はその両方にかけたのではないかと私は想像している。

古今の序には、業平の歌風を評して、「その心あまりて言葉足らず。いはばしぼめる花の色なくて、匂《にほ》ひ残れるが如《ごと》し」と述べている。紀貫之《きのつらゆき》の評は辛《から》いが、業平の魅力は正にそういう所にある。そのあまった心が、長い詞書を生み、やがて「伊勢物語」の母体ともなった。「三代実録《さんだいじつろく》」は、業平の人柄について、「体貌《たいぼう》閑麗、放縦不拘《ふこう》」と伝えており、貴公子らしい風貌と、物事にこだわらない自由な心の持主であったと伝えている。藤原高子《たかいこ》（二条の后）との恋愛も、叶《かな》わぬ恋であればこそ、烈《はげ》しい情熱を燃したのであろう。そういう所は、光源氏にも似ており、兄行平や源融《とおる》などとともに、「源氏物語」のモデルの一人にえらばれたに違いない。「ちはやぶる」の歌には、「放縦不拘」な性格は現れてはいない。「心あまりて言葉足らず」どころか、歌の姿がよくととのっている。定家が取りあげたのは、その為《ため》かも知れない。度々いうように、舌足らずの歌などに彼が興味を示す筈《はず》はなかった。

にも拘《かか》わらず、私は言葉の足らない歌の方に心をひかれる。それではじめて、「しぼめる花の色なくて、匂ひ残れる」風情《ふぜい》も現れる。中でも次の二首は、私が愛唱して止《や》まぬ歌である。はじめの歌は、高子と会った後、彼女はどこかへ連れ去られ、一年ばかり経《た》って、彼女が住んでいた所を訪ねた。折しも月が出て、梅の花が匂っていたので、懐旧の情たえがたく、板敷に伏して一夜を明かした。その時詠んだ歌である。

月やあらぬ春や昔の春ならぬ
わが身ひとつはもとの身にして

世のなかにたえて桜のなかりせば
春の心はのどけからまし

十八　藤原敏行朝臣《としゆきあそん》

住《すみ》の江《え》の岸による波よるさへや
夢の通ひ路人めよくらむ

波がよるという言葉に、夜と恋人がよりそう意味をかけており、愛する人は夢の中でさえ、人目を避けて現れてくれない、と嘆いた歌である。

藤原敏行は、富士麿《ふじまろ》の子で、母は紀名虎《きのなとら》の女《むすめ》であった。業平の妻は彼女の姪《めい》であったから、紀氏を通じて親交があったと思われる。右の歌は、「古今集」の恋の部にのっており、詞書《ことばがき》には、「寛平《くわんぴやう》（宇多天皇）の御時《おほんとき》きさいの宮の歌合《うたあはせ》のうた」としてある。素直によみくだしているが、きわだって面白いところはない。夢を謳《うた》うことにかけては、小野小町の右に出る人はなく、それ程彼女の夢は深かったともいえよう。

うつつにはさもこそあらめ夢にさへ
人目をよくと見るがわびしさ　　小野小町

小町の歌と意味は似ているが、言葉が充実している点では、敏行の比ではない。定家がえらんだのは、先《ま》ず難がないということを第一にしたと思われるが、平安末期には、「本歌取り」ということがはやっていたからでもあろう。本歌取りというのは、先人の歌の心をふまえて、意識的に言葉を取り入れ、しかも時代にふさわしい新しさを加味することをいうが、模倣であって実は模倣ではない。どれ程本歌をよく理解し、身についているか、その証拠を表現して見せることにあった。

敏行の歌の場合は、小町の詞を借りただけで、ほんとうの本歌取りとはいえまい。本歌取りという思想は、文化歌の技術が、まだそこまで到達しない時代でもあった。

が爛熟《らんじゆく》し、和歌が完成の極に達した時、おのずから生れた技法であると思うが、いくら模倣ではないといっても、そこに衰退のきざしが現れていることは否《いな》めない。「すべての言葉はいわれた」という嘆きを、定家のように敏感な人は、辛《つら》い思いで嚙《か》みしめていたに違いない。

　　秋たつ日よめる
秋きぬと目にはさやかに見えねども
風の音にぞ驚かれぬる

「古今集」には、敏行のこの歌ものっており、百人一首のそれよりははるかに美しく思われる。定家がわざととらなかったのは、秀歌として知られすぎていただけでなく、本歌取りのいわばはじめの姿を、それとなく示すためではなかったであろうか。

十九　伊勢

難波《なには》がたみじかきあしのふしのまも
あはでこの世を過《すぐ》してよとや

伊勢は、九世紀の終り頃から、十世紀へかけて活躍した歌人である。藤原継蔭《つぐかげ》の女《むすめ》で、宇多《うだ》天皇の中宮に仕え、天皇に寵愛《ちようあい》されて、皇子を生んだ。後に天皇の御子《みこ》、敦《あつ》慶《よし》親王と通じて、中務《なかつかさ》という娘も生んだが、当時としてはふつうのことで、他にも多くの愛人がいたと想像される。この歌をその中の誰に当てたか知る由《よし》もないが、宇多天皇とみれば興味は倍加する。宮仕えの身では、天皇を独占することは不可能であったろうし、ひとり寝の淋《さび》しさに堪えることが多かったに違いない。静かなうちに烈《はげ》しい情熱を秘めたこの歌に、私はそういうものを感じる。三十六歌仙の一人にもえらばれ、紀貫之と並び称されるほどの歌人であったが、賀茂真淵《かものまぶち》は、「伊勢の御も名高けれども、小町には劣りたり」といっている。が、私の印象では、伊勢にはまた別の味わいがあり、小町ほどはでない所が美しい。

「難波の蘆《あし》」は古くから歌によまれた名物であった。それをいうために、「難波がた」とたっぷりした調子で謳《うた》いだし、「みじかきあしのふしのま」と、しの音を重ねて、小きざみに訴えるような調べになり、最後の一句は、「過してよとや」と、しっかり言い切っておさまる。緩急自在とはこのような歌をいうのであろう。なお伊勢には次の名歌もある。

春霞《はるがすみ》立つを見すてて行く雁《かり》は
花なき里に住みやならへる

やはりどっしりと落ちつきのある歌だが、定家には「難波がた」の方が気に入ったことは想像にかたくない。私がかるた取りに熱中していた頃は、大して好きな歌ではなかったが、改めて味わってみると、大胆と繊細が程よく調和しており、稀《まれ》にみる美しい歌だと思う。いくら柔かい言葉でも、「難波江のみじかきあし」では、だらしなくなってしまう。言葉の力はおそろしいもので、こういう所に私達は、ことたまが溌《はつ》剌《らつ》と生きているのを感じる。和歌は作らなくても、散文の上で、私達が手本とすべきものは無限にある。

二十　元良《もとよし》親王

わびぬれば今はた同じ難波《なには》なる
身をつくしてもあはむとぞ思ふ

元良親王

同じ「難波」でも、この歌は少しわかりにくい。上の句は、「身をつくしてもあはむ」ことをいい出すための序詞であり、こんなにわびしい思いに打ちひしがれているのなら、命をかけても会いたいという意味で、「身をつくし」を澪標《みおつくし》（目じるしのために、水の中に立てる杭《くい》）にかけている。

出典は、「後撰集《ごせんしゅう》」恋の部の、「事いできてのちに、京極御息所《みやすんどころ》につかはしける」という詞書《ことばがき》から、この歌のいわれを知ることが出来る。宇多天皇の后《きさき》、京極御息所と、元良親王が密通したことが露見し、人の噂《うわさ》にのぼっていたのである。そこで「わびぬれば」という落胆の言葉が発せられたのだが、元良親王は陽成《ようぜい》天皇の第一皇子で、本来なら天皇の位につくべき方であった。京極御息所ばかりでなく、多くの女性と交渉があり、好色の貴公子として知られたのは、うっぷんを晴すためもあったに違いない。

「わびぬれば」という言葉も、そう思ってよめば重々しく聞える。「今はた同じ難波なる」は少々無理な言葉遣いだが、今となっては、澪標のようにみじめな姿になったということと、命がけの恋と、その両方に解していいと思う。歌は分析すればするほど遠くの方へ行ってしまうので、ここら辺で止めておきたい。が、ほんとうに美しい歌は、ただ口ずさんでいるだけで、説明を要さない。そういう意味では、大していい歌とはいえないと思う。

が、当時の人々には愛誦《あいしよう》されたようで、「源氏物語」澪標の巻に、「堀江の辺を御覧じて、今はた同じなにはなると御心にもあらでうち誦《ずん》じ給《たま》へるを……」と引用しているのも、この歌に題名を得たことは確かである。風流な皇子であることと、京極御息所との密通が、光源氏のモデルの一人にえらばれた所以《ゆえん》であろう。元良親王は、声がいいことでも有名で、元日に御所で祝賀をのべる声が、遠く鳥羽《とば》のあたりまでひびいたと伝えられている。

(上右) 在原業平
ちはやふる神代も きかず龍田川

(上左) 伊勢
難波がたみじかき あしのふしのまも

(下左) 元良親王
わびぬれば今はたおなじ 難波なる

(下右) 藤原敏行
住の江の きしによる波 よるさへや

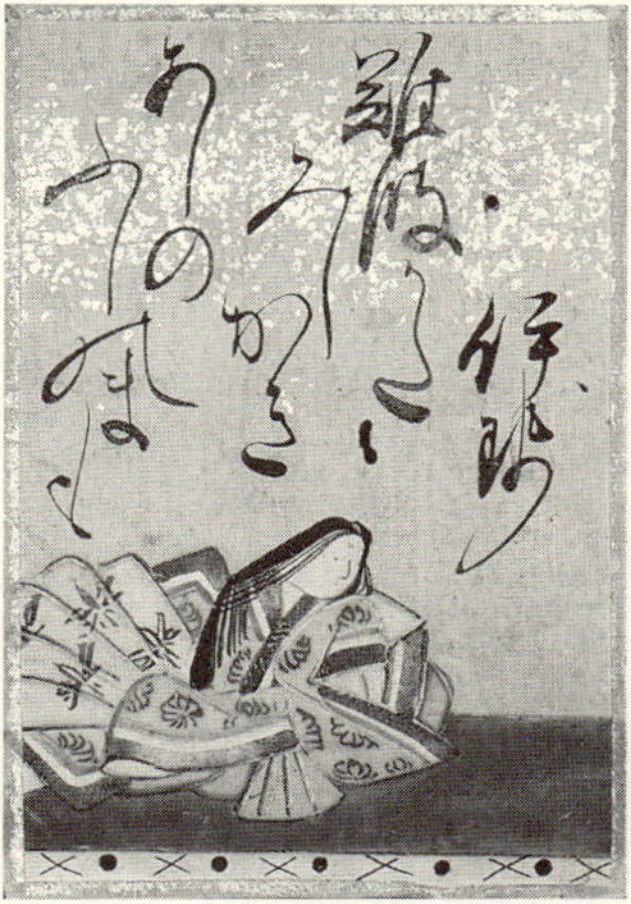

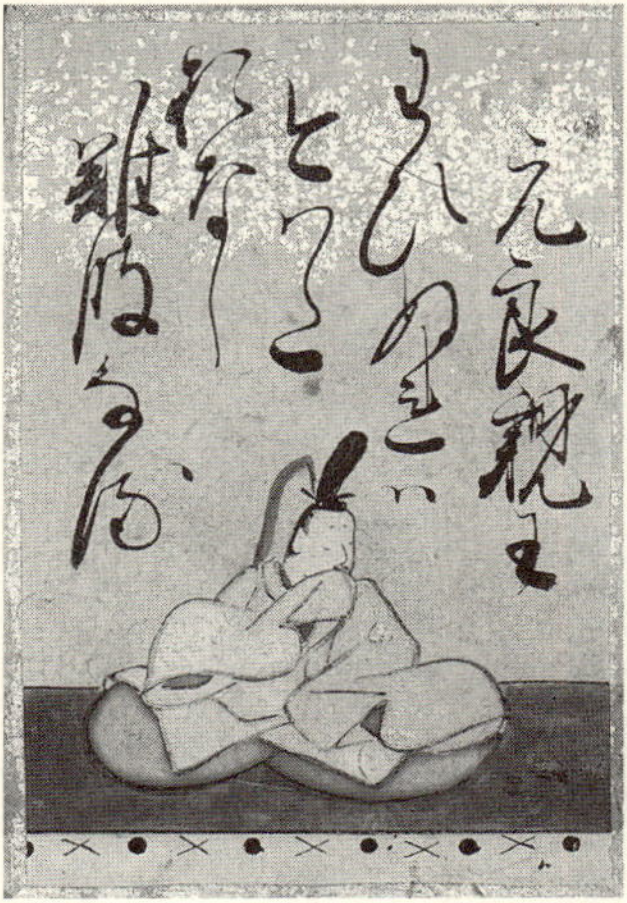

二十一　素性法師《そせい》

今こむといひしばかりに長月の
有明の月をまちいでつるかな

私が百人一首をとっていた頃は、「まちいでつるかな」を、「待ちいづるかな」と短かく読んでいた。やはり元の方が丁寧でもあり、人を待ちかねる気持がにじみ出ていると思う。前の歌とはちがってわかりやすいが、「長月の有明の月」と詞《ことば》を重ねたところに、長い間淋《さび》しい思いで待っていた気持が現れている。この場合の「長月」は、必ずしも九月にかぎるわけではなく、長い年月の意味もかねたと考える方がいい。

これは素性法師が、女の身になって詠《よ》んだ歌で、平安時代には、しばしばそういうことが行われた。定家は彼を高く買っていたらしく、業平や小町と同等に評価したが、現代の私達には解《げ》しかねる。何となく弱い印象をうけるからである。昔から月来説《つきごろ》と一夜説が対立して、むつかしい注釈が加えられているが、有明の月を待ちかねつつ、今まで恋人を待っていた長い年月のことを思ったと、両方の意味に解した方が広がりがある。むつかしい説を述べることが流行したみたいで、虚心に歌に接することを忘れていたらしい。が、石に苔《こけ》がむすように、そういうことが重なって、歌に重みが出て来るのだから、無下《むげ》に退けるわけには行かない。

素性法師は、僧正遍昭《へんじよう》の子で、大和の石上《いそのかみ》に住んでいた。先に記した小野小町と僧正遍昭が、歌を取り交したところである。出家する前は、殿上人《てんじようびと》として、清和《せいわ》天皇に仕えていたが、「法師の子は法師たるぞよきとて、法師になしてけり」と、「大和物語」に見えている。兄に由性という人もおり、二人ながら僧籍に入ったのは、父親の指示によるのであろう。延喜《えんぎ》年間には、度々召されて屛風歌《びようぶうた》を作ったというから、重く用いられていたに違いない。天皇の皇胤《こういん》が生きて行くためには、才能が必要であり、人にはいえぬ苦労があったと想像される。

二十二　文屋康秀《ふんやのやすひで》

吹くからに秋の草木のしをるれば
むべ山風を嵐《あらし》といふらむ

私達は「ブンヤノヤスヒデ」といっていたが、「フムヤ」と発音するのが正しい。が、この歌の作者は、康秀の子の朝康《あさやす》と見るべきであると、契沖《けいちゅう》その他の学者によって考証されている。百人一首には、朝康の歌も入っているから、定家の頃には康秀の作と信じられていたのであろう。

平安初期の人で、六歌仙の一人に入っている。古今の序には、「ふんやの康秀は、詞《ことば》はたくみにて、其《そ》のさま身におはず。いはば、あき人（商人）のよききぬ着たらむが如《ごと》し」と評している。紀貫之の詞は辛辣《しんらつ》だが、この歌にもそういう感じがなくもない。

「むべ」は、宜《むべ》なるかなのむべで、現代語に訳せば、いかにも、ほんとうに、といったような意味である。ここではその二字が利《き》いており、山と風をいっしょにして、「嵐」と読ませたのも、機智《きち》にとんでいる。が、結局はそれだけのことで、心の底からほとばしるものはない。貫之はそのことを評して、「あき人のよききぬ着たらむが如し」といったのであろう。定家がどう思っていたか知る由《よし》もないが、六歌仙の一人を省くわけには行かなかったと思う。

二十三　大江千里《おおえのちさと》

月みれば千々にものこそ悲しけれ
我身ひとつの秋にはあらねど

現代の我々にも、そのまま通用する言葉である。すらすらと言い流しているが、澄みきった月光に照らされる心地がする。月といえば千里を想《おも》い、千里と聞けば月を想うのも、このような名歌があるからだが、また、「三五夜中ノ新月ノ色、二千里ノ外故人ノ心」という白楽天の詩が、私達の中に浸透しているためもあろう。

千里は漢詩に通暁《つうぎょう》した人物で、その家集には、「古キ句ヲ捜シテ新歌ヲ構成セリ」と記し、「白氏文集《はくしもんじゅう》」を元に百二十首も和歌を作ったが、本歌取りの源はそういう所にあるのかも知れない。これは案外大きな問題で、日本人が模倣性に強いといわれる所以《ゆえん》でもある。たしかにそれは本当のことに違いない。が、どんな国の文化でも、人間でも、模倣にはじまらぬものはなく、簡単にそうきめてかかるのは、粗雑な考え方だと思う。かりにこの歌が「白氏文集」の、「燕子楼中霜月ノ夜、秋来只一人ノ為ニ長シ」

を手本にしたとしても、まったく別の「新歌が構成」されており、みごとに自分の言葉と化している。絵画や陶器にしても同じことである。日本のそれは中国の文学や美術品ほどしっかりしてはいず、地方色の濃いものであるが、美しいことにおいて変りはない。いや、ぜんぜん違う種類の文化である。先日、私は中国の古代銅器展を見て感動した。私達の祖先が、ようやく縄文土器をぶきっちょな手つきで造っていた頃に、彼等が世にも見事な銅器を製作しているのを見、打ちのめされる思いがした。同時に、こんなものと付合うのはやり切れないと思った。鑑賞するにはいいが、いっしょに暮すのは肩が凝る。白楽天の詩がどんなに美しくても、そう感じるのは私達の教養であって、心ではない。心は千里の歌の方にひかれるのだ。そこにはこれといった思想もなければ、何かを主張しているわけでもない。私達がふつうに使っている言葉で、私達が自然に思うことを述べているだけである。逆にいえば、日本の文学や美術のわかりにくさは、そういう日常性にあるともいえよう。

定家がこの歌をえらぶに当って、どういうことを考えていたかわからない。が、高く評価したことは事実で、これを本歌にして、自分でも作っている。

いく秋を千々にくだけて過ぎぬらむ

我身ひとつを月に憂《うれ》へて

大していい歌とは思えないが、和歌の道に心を砕いていたことがわかる。千里の歌が普遍的で、外へ向って広がるのに反して、定家の本歌取りは、自己中心的といおうか、逆に内にこもる傾向がある。これは贋物《にせもの》の月だ。といって悪ければ、心の中に描いた月にすぎない。そういう月を胸に抱いて、定家の想いは千々に砕けたのであろう。しぜん歌の姿は小さくなったが、同じ詞《ことば》を用いて、まったく別の境地を創造していることは確かである。本歌取りというものを知る上に、大きくいえば、日本の文化を理解するためにも、この二つの歌は参考になると思う。

二十四　菅家《かんけ》

此《この》たびはぬさもとりあへず手向山《たむけやま》
紅葉のにしき神のまにまに

菅家とは菅原道真《すがわらのみちざね》のことである。「朱雀院《すざくいん》（宇多《うだ》上皇）のならにおはしましたりける時に、たむけ山にてよみける」と、「古今集」の詞書《ことばがき》にあり、手向山は、奈良の東山にある東大寺の鎮守社である。この歌についても様々の説があるが、行幸に際して、文字どおり「とりあへず」詠《よ》んだ即興の歌であろう。一首の意味はさしてむつかしくはないが、早急のこととて、神にささげる幣《ぬさ》を用意していないから、かわりに紅葉の枝を奉《たてまつ》るといったので、「神のまにまに」は、神のみ心のままにお受けとり頂きたい、という意味である。

奈良の東山は、古くから信仰された神山で、東大寺が建立《こんりゅう》された時、宇佐八幡《うさはちまん》が勧《かん》請《じょう》され、「手向山八幡宮」と呼ばれている。今も紅葉の美しいところで、その辺を歩く度に、道真がこの歌を紅葉の枝につけて、奉納した場面が目に浮ぶ。現代人にうけない歌であると、どこかで読んだ記憶があるが、道真の生真面目《きまじめ》な性格が出ていて、私は面白いと思う。

峠は、たむけから出た言葉で、旅の安全を祈って、神に幣を手向《たむけ》るところから起ったと聞く。それは仏教伝来以前から行われた信仰で、手向山は、東山を越える峠道にあり、祠《ほこら》か社が既に建っていたに違いない。そこへ宇佐八幡を勧請し、東大寺の鎮守社となったので、そういうことも併《あわ》せて鑑賞すれば興味がある。

宇多上皇の行幸は、昌泰《しょうたい》元年（八九八）十月のことで、吉野の宮滝から、竜田山を

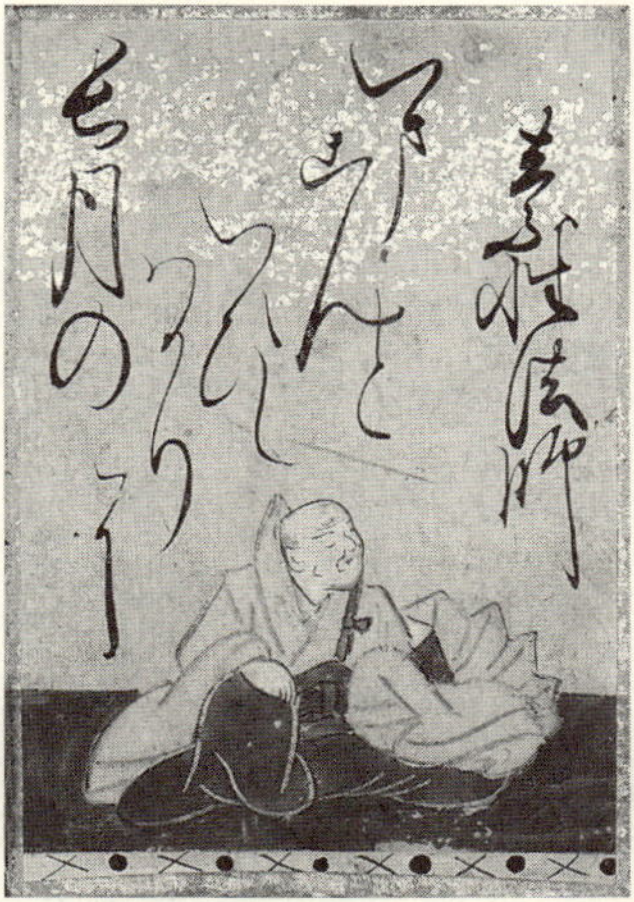
喜撰法師
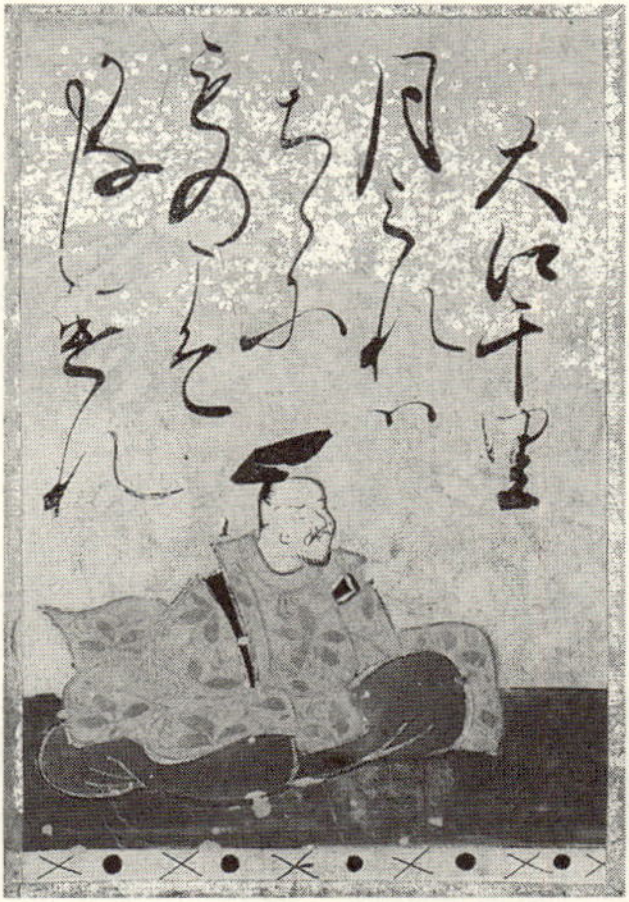
大江千里

文屋康秀

菅家

越えて、河内《かわち》に入り、住吉神社に詣《もう》でて京都へ帰るという大旅行であった。吉野でも、竜田でも、紅葉の美しさを満喫したであろう。時に道真は五十四歳、右大臣に昇格する前年のことである。それから三年後に、彼は太宰府《だざいふ》へ左遷《させん》されたが、この時はいわば得意の絶頂にあり、そういう喜びが言外に現れている。

二十五　三条右大臣

名にしおはば相坂山《あふさかやま》のさねかづら
人にしられでくるよしもがな

藤原定方《さだかた》（八七三―九三二）の歌で、三条に邸《やしき》があったところから、三条の右の大臣《おとど》と呼ばれた。「後撰集《ごせんしゅう》」には、「女につかはしける」とあり、みた所より技巧の勝った作品である。

「相坂山」は、あの逢坂山《おうさかやま》で、逢うということに、「さねかづら」のね（寝）をかけ、かずらはからみつくものだから、それをたぐることに、来るをかけている。さねかずらは、葛《くず》のことを指したようで、万葉集では核葛、狭根葛、とも書き、やはり男女が逢《あ》うことの枕詞《まくらことば》になっている。「万葉集」巻二の長歌には、「さねかづら　後も逢はむと」、巻十一の短歌でも、「さねかづら後も逢はむと夢のみに祈誓《うけ》ひわたりて年は経につつ」という風に使っており、後に逢うことの枕詞であった。定方の歌も、そういう伝統的な使い方のもとに、やがて逢うことを意味し、恋の執心をかずらにたとえたのであろう。掛詞が多いわりには、素直にひびくので好感が持てる。

定方は、内大臣高藤《たかふじ》の子で、和歌と管絃《かげん》に長じており、醍醐《だいご》天皇の宮廷の人気者であった。どちらかといえば、当時は漢詩を上としていたが、和歌を普及することに功績があった。「大和物語」には、多くの逸話がみえているが、その一つに、定方がまだ中将であった頃、賀茂《かも》の祭の勅使に指命されたので、昔通っていた女のもとへ、扇を「ひとつたまへ」と無心した。賀茂の祭の使は晴れの役目で、女を喜ばせる為《ため》にわざと所望したのである。女は風流なたしなみのある人だったので、清らかな色の扇に、香を焚《た》きしめて贈って来たが、裏を返してみると、はしの方にこのような歌が書いてある。

ゆゆしとて忌《い》むとも今はかひもあらじ
うきをばこれにおもひよせてむ

定方は大そう不愍《ふびん》に思って、直ちに返歌をおくった。

ゆゆしとて忌みけるものをわが為に
なしといはぬは誰《た》がつらきなり

「秋の扇」という言葉がある為に、男女の間で扇を贈り物にすることは、忌むべきこととされていた。それで女が婉曲《えんきょく》に恨み言をのべたのに対して、定方はそれを逆手にとって、断りもせずに扇を下さったのは、一体どちらが辛《つら》い思いをすることでしょう、とやり返したのである。互いに相手をなじりつつ、内に優しい思いやりを秘めているのは、さすがに風雅な付合いぶりである。和歌というものが、どんなに彼等の生活の中に浸透し、必要なものであったか、その一例としてあげておくが、その中でも定方は典型的な王朝貴族であった。

二十六　貞信公《ていしんこう》

小倉山峯《をぐらやまみね》のもみぢ葉心あらば
今ひとたびのみゆき待たなむ

小倉山は、今は嵯峨《さが》の二尊院《にそんいん》の裏山をさすが、昔は嵐山《あらしやま》から小倉山へかけての総称であったと聞く。「拾遺集《しゅういしゅう》」の詞書《ことばがき》には、「亭子院《ていじのゐん》大井河に御幸《みゆき》ありて、行幸もありぬべき所也《なり》とおほせたまふに、ことのよしそうせんと申て」とあり、「亭子院」は宇多上皇、「御幸」は上皇に、「行幸」は天皇にのみ用いる。延喜七年九月十日、上皇が大《おお》堰《い》川へお出ましになった時、小倉山の紅葉があまりにみごとなので、醍醐天皇にもお目にかけたいと仰《おお》せになった。そこでその由《よし》を天皇にお伝えしようといって、太政大臣藤原忠平《ただひら》が、右の歌を詠《よ》んで奉《たてまつ》った。「いと興あることなりとてなむ、大井の行幸といふ事始め給《たま》ひける」と、「大和物語」は伝えている。

ここでも小倉山は、大堰川から嵯峨の西山一帯をさしており、その方が歌を味わう上でも豊かになる。小倉山の紅葉に向って、ひと息に謳《うた》いあげているのが美しく、大臣の詠歌はこうあるべきだと私は思う。
貞信公というのは、藤原忠平の諡《おくりな》である。彼は幼い時から聡明《そうめい》で、三代の天子に仕えて功労があった。「大鏡」には、紫宸殿《ししんでん》で鬼を退治した話が出ているが、兄時平とはちがって、寛容な人柄であったらしい。この歌にもそういうものが感じられるが、実はすでに原歌があり、忠平の祖父良房《よしふさ》が次のように詠んでいる。

吉野山岸の紅葉し心あらば
まれのみゆきを色かへて待て　（古今六帖《こきんろくじょう》）

良房の歌より忠平の方が優れていると思うが、小倉山の麓《ふもと》に住んだ定家にとっては、何としても百人一首の中に入れたかったに違いない。それははじめからきまっていたように思われる。この歌をくちずさんでいると、貞信公の束帯姿に重なって、小倉山を眺めつつ、歌に想《おも》いをこらしている老いた定家の姿が浮んで来る。

二十七　中納言兼輔《ちゅうなごんかねすけ》

みかのはらわきて流るる泉河
いつみきとてか恋しかるらむ

みかのはらは、南山城の地名で、瓶原、三日原、三香之原とも書いた。古来、いい水が出ることで知られており、奈良時代には離宮が造られ、聖武《しょうむ》天皇の恭仁《くに》京もそのあたりにあった。そこを流れる木津川が、昔は泉河と呼ばれ、その「泉」にいつみを重ねたのである。「わきて」にも、分けると湧くの両方の意味があるが、この場合は掛言葉というほどのものではない。全体にわかりやすい歌で、清々《すがすが》しい泉のように流麗な調べである。

「新古今集」には「題不知《しらず》」としてあり、兼輔の作ではなく、「読人不知《よみびとしらず》」の歌であることが、今日の常識になっている。真偽のほどは私にはわからないが、おおらかな歌の調べは、「よみ人知らず」の古歌とした方が似つかわしい。「みかのはら」はここでは単なる歌枕《うたまくら》ではなく、そのあたりに住んだ女を憶《おも》い出して謳《うた》ったような、生活の匂《にお》いがにじみ出ている。泉河の流のように、清らかな女性であったに違いない。

兼輔は、藤原冬嗣《ふゆつぐ》の曾孫で、前述の定方の従弟《いとこ》に当る。京都の賀茂川の土手に邸《やしき》があったので、「堤《つつみ》中納言」とも呼ばれた。ただし、有名な「堤中納言物語」の主人公でもなければ、作者でもない。どういうわけで、彼の名が付されたか、今もって謎《なぞ》である。兼輔が歌の上手であったところから、誤って伝えられたのか、或《ある》いは彼に関する物語の部分が欠落したのかもわからない。三十六歌仙の一人にも数えられ、「後撰集」にのっている左の歌は、親子の情愛をよんだものとして、昔からよく知られている。

人の親の心は暗《やみ》にあらねども
子を思ふ道に惑ひぬるかな

二十八　源宗于朝臣《むねゆきあそん》

山里は冬ぞさびしさまさりける
人めも草もかれぬとおもへば

三条右大臣

貞信公

中納言兼輔

源宗于朝臣

「古今集」の詞書《ことばがき》には、「冬の歌とてよめる」とだけ記し、どういう状況のもとで詠《よ》んだかわかってはいない。が、宗于は光孝《こうこう》天皇の孫で、寛平《かんぴよう》六年（八九四）、臣下に降《くだ》り、「大和物語」には、官位の上らないのを嘆いた歌がある。これも冬景色によそえて自らの心境を述べたのであろう。宗于は三十六歌仙の一人で、多くの歌を遺《のこ》しているが、いずれも素直すぎて喰い足りない。が、定家の時代には、山里の寂しさを、ひときわ風情《ふぜい》のあるものとして味わったようで、この歌も一般に高く評価されていた。たしかに歌の姿は素直だが、下の句の「かれぬ」に、枯れると、離れるをかけ、定家もこれを本歌にして歌を作っている。

夢路まで人めはかれぬ草の原
おきあかす霜に結ぼほれつつ

私は和歌のことにくわしくはないが、技術としては定家の方がはるかにすぐれていると思う。今もいったように、「かれぬ」には、枯れると離れるの両方の意味があるが、もしかすると、「人め」も草の芽を聯想《れんそう》させたのかも知れない。しいて言えば、そういう技巧が表面に目立たないことと、生活感情が現れているのが、宗于の歌の長所といえるであろう。

だが、生活感情をいうなら、西行法師《さいぎようし》の歌にまさるものはない。同じ山里の寂しさに堪えていても、二人の人間の間には大きな違いがある。

宗于が孤独を噛《か》みしめているのに反して、西行の歌には、山里の寂しさを人とわかち合いたいという心の優しさが現れている。左にあげるのは「山家集《さんかしゆう》」の中の一首で、ここでは枕言葉《まくらことば》も掛言葉も必要としていない。

さびしさにたへたる人のまたもあれな
いほり並べむ冬の山里

二十九　凡河内躬恒《おおしこうちのみつね》

心あてに折らばや折らむ初霜の
置きまどはせるしら菊のはな

古今調の代表ともいうべき作で、初霜に見紛《みまが》うばかりの白菊の花を、清々《すがすが》しく謳《うた》いあげている。やや大げさで、幻想的な発想といえるが、単なる思いつきの歌ではない。初冬のあけ方の寒さと、白菊の高い香りが、実感としてとらえられ、一幅の絵のように鮮かな印象を与える。

「無名抄《むみようしよう》」には、殿上人《てんじようびと》が、貫之と躬恒とどちらが優れているか、白河院に伺ったところ、源俊頼《としより》に聞けということで、彼が参内した時たずねると、たったひと言、「躬恒をば侮《あなど》らせ給《たま》ふまじきぞ」と答えたという。おそらく一般には紀貫之の方が知られていたからで、この言葉の語気から、俊頼は躬恒を上と信じていたことがわかる。

躬恒の出生はあまりはっきりわかってはいない。醍醐《だいご》天皇に仕え、多くの行幸に供《ぐ》奉《ぶ》して歌をよんでいるから、奈良時代の人麻呂《ひとまろ》のような立場にあった下級官人であろう。終生諸国の受領《ずりよう》として終ったが、歌人としては、紀貫之・壬生忠岑《みぶのただみね》と並び称される名手であった。「大鏡」は次のような逸話を伝えている。

——醍醐天皇が御遊《ぎよゆう》をされた時、御階《みはし》のもとに彼を召して、「月を弓張《ゆみはり》といふは何のこころぞ。これが由仕《よしつか》うまつれ(歌に詠《よ》め)」と仰《おお》せになった。すると、躬恒は即座にこのように詠んで帝《みかど》に奉《たてまつ》った。

照る月を弓張としもいふことは

　山べをさして入ればなりけり

月が入ることを、弓を射るにたとえたのである。天皇は御感《ぎよかん》あって、大袿《おおうちき》を賜わり、躬恒はこの衣を肩に打ちかけて退出しながら、このように謳った。

　白雲のこのかたにしもおりゐるは

　天つ風こそ吹きてきぬらし

「いみじかりしものかな」と、「大鏡」の著者は讃嘆《さんたん》している。生活の中に歌が生きていた時代でも、当意即妙に謳えることは、よほどの才能の持主であったに相違ない。天皇はふつう身分の低いものに直接ものを仰せられることはなかったのに、躬恒が「古今集」の選者にまで選ばれたのは、和歌がたくみであっただけでなく、その人柄によるのであろう。

三十　壬生忠岑《みぶのただみね》

有明のつれなくみえし別《わかれ》より
暁ばかりうきものはなし

身を切られる思いで、女と別れた時、空には涙で曇ったような月がかたむいていた。その時以来、暁というものが無情に感じられるようになったという気持が、自然にほとばしっている。後鳥羽院《ごとばいん》が、定家と家隆《いえたか》に、「古今集」の秀歌を問われた時、二人ともこれをあげたというから、よほど評判のいい歌であったに違いない。現代人には、やや平凡に聞えなくもないが、長く味わっていると、実に静かで、いぶし銀のような調べである。

この歌には、古来多くの説があったと聞くが、私にはむしろ不思議に思われる。却《かえ》って知識のない素人《しろうと》の方が、素直にうけとることが出来るのかも知れない。今も述べたように、私は、女に会って別れた時以来、暁が悲しく思われると解釈しているが、はじめから女に逢《あ》えずに帰った悲恋の歌とみれば、下の句の印象が薄れるような感じがする。喜びがあったから、悲しみも倍加するのでなかろうか。だが、そういう風にどちらにでもとれるということは、詞《ことば》があいまいなのではなく、もともと日本語には、見る人の心に任せるといったような、余白をいつも残しているからだ。そういう意味で、この「有明の月」は、ぼんやりしていてもよく利《き》いている。だからこそ定家のような批評家が、「これ程の歌一つ謡出《うたひい》でたらむ、この世の思ひ出に侍《はべ》るべし」と絶讃《ぜっさん》したのであろう。

壬生忠岑の伝記も不明で、藤原定国の随身をつとめたことが、「大和物語」に見えている。やはり凡河内躬恒と同様、身分の低い官人だったに相違ない。三十六歌仙の一人で、躬恒とともに「古今集」の選者にも加えられている。はじめの方で私は、定家が歌だけでなく、人間関係についても、よく考えているといったが、躬恒と忠岑を対《つい》にしたこと、また新鮮で明快な「白菊の花」に、縹渺《ひょうびょう》とした「有明の月」を並べたことも、百人一首に変化を与えるために心を用いたことを示している。

三十一　坂上是則《さかのうえのこれのり》

朝ぼらけ有明の月と見るまでに
吉野の里にふれる白雪

同じ有明の月でも、これは曙光《しょこう》の中で白雪を眺めた歌で、明け方の清々《すがすが》しい空気が感じられる。「古今集」の詞書《ことばがき》には、「やまとの国にまかれりける時に、雪の降りけるを見てよめる」とあり、飛鳥《あすか》から吉野へ越える峠の上から、吉野山をはるばると見渡して謳《うた》ったのではなかろうか。「古今集」では、冬の部に入っているが、吉野の桜を雪に見立てる伝統的な観念もひそんでいるように思われる。昔の人々は、いずれも薄雪と解しているが、契沖《けいちゆう》は「古今集」の歌の排列から（前後に深雪《みゆき》の歌がある）、深く積った冬の雪と見ている。が、無意識のうちに桜を思っていたとすれば、やはり春の淡雪の方が似つかわしい。

是則は坂上田村麿《さかのうえのたむらまろ》の四代の孫と伝えている。真偽のほどはわからないが、古代豪族坂上氏の末裔《まつえい》であることは疑いもない。延喜《えんぎ》年間に、大和の国に赴任しているので、これも現地で作ったものに相違ない。坂上氏にとって、大和は故郷であったから、吉野山の雪景色はことさら懐《なつか》しく感じられたであろう。古い詞でいうなら、「国褒め」といったような、おおらかな気分にあふれている。

定家の息《そく》、為家《ためいえ》の妻が、宇都宮氏の女《むすめ》であることは、序文の中に記した。それとは別に側室がいたが、為家が死んだ後、薙髪《ちはつ》して「阿仏尼《あぶつに》」と名のり、「十六夜《いざよい》日記」をあらわしたことで知られている。彼女はこの歌を評して、「四季の歌にはそら事したるはわろし」といったと聞く。当時はそういう考え方もあったのだろうか。何故《なぜ》この歌が特に「そらごと」なのか、私には一向わからない。白雪を月と見なしたのは、ありのままの風景を詠《よ》んだように思われるのだが、それにつけても、昔の人の気持になって鑑賞するのはむつかしいことである。

三十二　春道列樹《はるみちのつらき》

山川《やまがは》に風のかけたるしがらみは
流れもあへぬ紅葉なりけり

山あいの渓流に、もみじが淀《よど》んでいる風景は、私達もよく見ることがある。それを「風のかけたるしがらみ」にたとえたのは面白い。しがらみは、川の堰《せき》から転じて、何かをひきとめるもの、人間の絆《きずな》といったようなことにまで及んだが、ここではそんな所まで深読みする必要はない。谷川のしぶきと、紅葉の色の対照が美しく、定家の時代には、新鮮な感覚として持囃《もてはや》されたであろう。

「古今集」の詞書《ことばがき》には、「しがの山ごえにてよめる」とだけ記し、京都から大津へ越える山道で、実景を見て詠んだと想像される。近江《おうみ》の人に聞いた話では、古《いにし》えの「志賀の山越え」は、逢坂山《おうさかやま》からは北よりで、崇福寺のあたりをいったらしい。が、ある特定の場所ときめなくてもさし支えはない。春道列樹とは珍しい名前だが、新名宿禰《あらなのすくね》の子とのみで、詳細は知られていない。歌人としても有名ではなかったようで、「風のかけたるしがらみ」という詞の面白さだけで、百人一首にとられたのであろう。「吉野の白雪」から、忽然《こつぜん》と鮮かな紅葉に展開するところに、当時の人々は新しい趣向を感じたに相違ない。やはり百人一首を鑑賞する場合は、ばらばらに読むよりも、ひとつづきのものとして味わった方が趣きがある。単一ではさして美しくない歌でも、前後の関係で生きて来るものがあると思う。

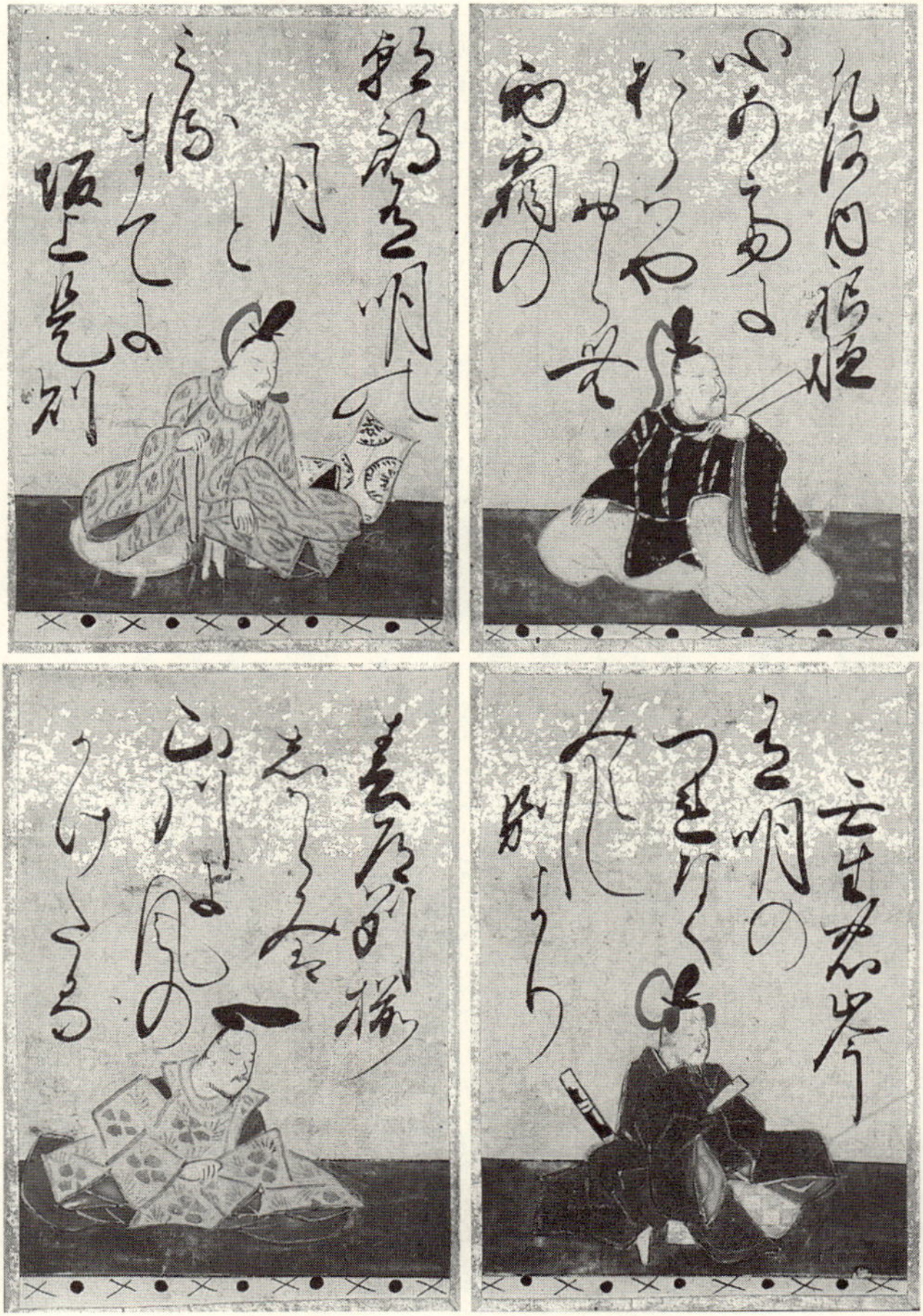

三十三　紀友則《きのとものり》

久方の光のどけき春の日に
しづ心なく花の散るらむ

紀友則は、貫之《つらゆき》の従兄《いとこ》で、宇多《うだ》天皇の宮廷で活躍した歌人である。紀氏は古く紀州に本拠を持つ豪族であったが、平安時代には勢力を失い、友則も官位は低くて終った。「古今集」の選者の棟梁《とうりょう》で、和歌の道では重く用いられたが、まだ完了しない中《うち》に亡《な》くなった。「古今集」哀傷の部に、貫之がよんだ追悼の歌が入っており、二人の間は、同族という以上の、友情によって結ばれていたようである。

紀友則が身まかりにける時よめる
あす知らぬわが身とおもへどくれぬまの
けふは人こそ悲しかりけれ

「久方の」の歌は、かるたを取る人達の間で知らぬものはない。が、平安時代には、さほど有名ではなく、定家によって、はじめてその美しさが発見されたという。いかにも王朝の人々の生活を思わせるような、春風駘蕩《たいとう》たる調べである。「古今集」には、単に「さくらのはなのちるをよめる」と記してあるが、下の句の「しづ心なく」という詞《ことば》で全体がひきしまって来る。そのひと言によって、爛熟《らんじゆく》した王朝の文化に、ひたひたとしのびよる不安な影がさすように思う。たぶん定家は、自分の生活体験から、そこに注意を向け、友則の代表作として取りあげたのではあるまいか。今まで私はただのびのびした歌だと思っており、それに違いはないのだが、定家の気持を想像する時、音もなく散る花に彼等の運命が象徴されているように見える。が、それは桜の散る夕暮に、多かれ少かれ誰でも感じるはかなさで、そこにこの歌のほんとうの美しさがあるといえよう。友則には多くの秀歌があり、いずれも彼の素直な性格を物語っている。

君ならで誰にか見せむ梅の花
色をも香をもしる人ぞしる

秋風にはつかりがねぞきこゆなる
たが玉づさをかけて来つらむ

春霞《はるがすみ》たなびく山の桜花
みれどもあかぬ君にもあるかな

三十四　藤原興風《おきかぜ》

誰《たれ》をかも知る人にせむ高砂《たかさご》の
松もむかしの友ならなくに

古今の序に、「高砂住《すみ》の江《え》の松も、あひおひのやうに覚え」といっているように、昔から高砂・住の江と並び称される名木であった。今も高砂市には、高砂神社があり、松を神木として祀《まつ》っているが、お能の「高砂」の尉《じょう》と姥《うば》は、この「相生《あいおい》の松」を人間化したものである。

それ程古い老松であっても、自分にとっては親しい友とはいえないのに、こんなに年をとってしまっては、一体誰を友達として語り合えるだろう、と嘆いた歌で、めでたい松に、老いた人間の悲哀を、対照的に謳《うた》っている。下の句から逆に読んだ方がわかりやすいが、意味など知ったところで鑑賞の足しにはなるまい。何度も吟誦《ぎんしょう》している間に、自然につかめるものが、歌の姿というものだろう。「高砂の松」を一般名詞とする説もあるが、たとえ作者がそういう風に使ったとしても、高砂の松は長命で、めでたいという伝統的な考えの上に立っていることは疑えない。その為《ため》に老いの孤独を謳っても、変にじめじめしない所が私は好きである。

八十歳に近い定家は、この歌に共感したに違いないが、こうさっぱりと自分の老いを表現できないことに、むしろ羨望《せんぼう》をおぼえたのではなかろうか。「古今集」は延喜五年（九〇五）に成立しており、「新古今集」（元久《げんきゅう》二年—一二〇五）との間には、三百年の年月の差があった。和歌の道も、人間とともに老成していたのである。「誰をかも」の歌は、「古今集」雑《ぞう》の部に、松を主題にしたいくつかの歌の最後におかれている。いずれも老いを謳って、老いを感じさせない歌であるが、「よみ人知らず」であるところから、興風の歌を取ったのであろう。

われ見ても久しくなりぬ住の江の

岸の姫松いくよへぬらむ　　よみ人知らず

かくしつつ世をやつくさむ高砂の
をのへに立てる松ならなくに　　よみ人知らず

このように古木を人格視することは、日本武尊《やまとたけるのみこと》が、尾津の松に向って、「一つ松、人にありせば、……」と謳った時からの伝統で、「知る人にせむ」から「高砂の松」へ移って行くあいだの微妙な間《ま》に、その影響がうかがえるように思う。

興風も藤原氏であるのに、伝記ははっきりしていない。十世紀のはじめ頃にいたことだけは確かで、和歌の道にすぐれていただけでなく、琴も巧みに弾いたという。その為か、「誰をかも」の歌の調べには、颯々《さつさつ》たる松風が聞えて来るような心地がする。いたずらに老いをかこつのではなく、老いの悟りといったようなものを感じるのは私だけであろうか。

三十五　紀貫之《きのつらゆき》

人はいさ心もしらず故郷《ふるさと》は
花ぞむかしの香ににほひける

「はつせにまうづるごとに宿りける人の家に、ひさしく宿らで、程へて後にいたれりければ、かの家のあるじ、かく定かになむやどりはあると、いひいだして侍《はべ》りければ、そこに立てりける梅の花を折りてよめる」と、「古今集」の詞書《ことばがき》にある。

平安時代には、初瀬《はつせ》詣《もう》でが盛んであった。貫之も度々お参りしたらしいが、その度に泊ることにしていた家に、少時《しばらく》ぶりで行ってみると、宿の主人が、こんな定宿ってあるものかと、厭味《いやみ》をいったので、かたわらに咲いている梅の花を折って、詠《よ》んだと述べている。詞書があると短篇小説になるが、詞書がなくても歌の心はわかる。この主《あるじ》が男か女か明らかでないが、女と見た方が趣きが深い。折角思い出して訪ねてやったのに、邪険にあしらわれたので、人の心は当てにならないけれども、花は昔に変らず匂《にお》っていると皮肉ったので、「年々歳々花相似　歳々年々人不レ同」という中国の詩を思い出させる。

貫之は紀望行《もちゆき》の子で、醍醐《だいご》天皇に仕え、和歌の道では名高い人物だが、生年は不詳で、没年も天慶《てんぎよう》八、九年頃（九四五―九四六）と推定されている。延喜年間に、紀友則、凡河内躬恒《おおしこうちのみつね》、壬生忠岑《みぶのただみね》等とともに、「古今和歌集」二十巻を編纂《へんさん》し、みずからその序文を執筆した。老年に至って、土佐守《とさのかみ》に任ぜられ、「土佐日記」を遺《のこ》したことで知られている。「男もすなる日記《にき》といふものを、女もしてみむとてするなり」と、女の身になって記したのは、名をかくすことが当時のしきたりだったにしても、屈折した感情の持主であったらしい。そうでなくても、藤原氏一辺倒の時代に、紀氏の一族はのけ者の悲しみを味わったに相違ない。平安朝の歌人の多くは、そういう人々の中から生れている。

定家は貫之を評して、「歌の心たくみに、たけをよびがたく、ことば強く姿おもしろき様をこのみて、余情妖艶《えうえん》の躰をよまず」（近代秀歌）といったが、「人はいさ」の歌をえらんだのは、その中でも情趣があると信じたからだろう。古今の序の中で、貫之が業平《なりひら》について、「心あまりて、詞足らず」と評したのも、彼の性格からいって当然のことであった。

桜散る木の下風は寒からで
空に知られぬ雪ぞ降りける　（拾遺集）

袖《そで》ひぢてむすびし水のこほれるを
春立つけふの風やとくらむ　（古今集）

こういう歌をみても、合理的といっては言いすぎだが、秩序整然としたものがうかがわれる。そのことを定家は、「歌の心たくみに」、「ことば強く」と評したのであろう。業平と正反対の人物であることは、「伊勢物語」と「土佐日記」を比べてみても想像がつく。貫之の長所は、どこから見ても欠点のないことで、同時にそれが短所でもあった。どちらかといえば、天性の歌人というより批評家で、散文の方が得手ではなかったかと思う。が、私は貫之とそう深くつき合ったわけではなく、尊敬はするけれども、興味はあまりないというのが本音である。

三十六　清原深養父《きよはらのふかやぶ》

夏の夜はまだ宵ながら明けぬるを
くものいづくに月やどるらむ

「まだ宵ながら明けぬるを」という言い廻しに、平安末期の人々は新鮮味を感じたであろう。「古今集」夏の部に、「月のおもしろかりける夜、あか月がたによめる」という詞書《ことばがき》をともなっており、月を眺めあかした時間の経過が現れている。が、平安中期頃までは、誰も注意しなかったようで、定家の父、俊成《としなり》によって、はじめて名歌として認められた。百人一首にえらばれたこともあって、年月を経るにしたがい、人口に膾炙《かいしゃ》され、「夏の夜はまだ宵ながら明けぬるを腹のいづこに酒やどるらん」などと、狂歌にまで歌われるようになった。

深養父の伝記もさだかではないが、清原氏は一説に、「日本書紀」を編纂《へんさん》した舎人《とねり》親王の子孫と伝えられ、代々文学に名を得た家柄であった。後に出て来る元輔《もとすけ》は深養父の孫で、元輔の子が清少納言である。「後撰集《ごせんしゅう》」には、「夏の夜深養父が琴ひくを聞

「きて」という詞書のもとに、藤原兼輔と紀貫之が歌を詠んでおり、琴を弾くことも上手であったらしい。「井蛙抄《せいあしょう》」には、彼の住居が、大原の小野の里にあったと記してあり、大原のあたりの景色を思い浮べながら鑑賞すると、この歌の情趣がよく味わえると思う。

貫之と深養父を並べたのは、偶然ではなく、一分のすきもない歌よみとして、定家は似合いの相手と考えたであろう。「夏の夜は」の歌も、まことに筋の通った流麗な調べであり、こうして書いてみると、日本語には、夕方から朝へかけての言葉が圧倒的に多いことに気がつく。ここにも、夜と宵と明けの三つが使われているが、その他にも、夕べ、たそかれ、暁、有明、あけぼの、朝《あした》など、微妙な時間の変化が見出《みいだ》される。反対に、昼間の歌が少ないのは、王朝人の生活が夜を主にしただけでなく、夜こそ幽玄な趣きのある時刻と感じていたに違いない。昼が夜にとって代った今日、よほど努力しないかぎり、彼等の心境に到達することは不可能である。が、夜の暗《やみ》を失ったために、いっそう懐《なつか》しいものに思われることもまた事実であろう。

三十七　文屋朝康《ふんやのあさやす》

白露に風のふきしく秋の野は
つらぬきとめぬ玉ぞちりける

先に記した文屋康秀の子息である。やはり伝記は未詳で、下級もしくは中流貴族の中に、歌人が多く生れたことを示している。寛平《かんぴょう》年間の歌合に名を列《つら》ねているから、かなり知られた人物であったらしいが、歌は数首しか残ってはいない。

野分《のわき》の朝《あした》であろう。秋の野に白露が一面に散っている景色に、緒に通してある玉がはらはらとちらばる様を想像した。枕詞《まくらことば》も掛詞も使ってはいないが、下の句の「つらぬきとめぬ」という言葉に、当時の人々は斬新《ざんしん》な発想を見たであろう。作者もこの一句に苦心したに違いない。この句を得た時の得意な顔が浮んで来るが、結果としては、一時的な思いつきにすぎず、落着きのない歌に終った。乱れた露を謳《うた》ったのだから、それでいいのかも知れないが、古今調のおおらかな調べにも似ず、かといって、新古今の技巧にも及ばない。同じように白露を玉にたとえても、壬生忠岑の歌は率直に感動を現している。

秋の野におく白露やけさ見れば
玉やしけると驚かれつつ

朝康の歌は、「後撰集」に、「延喜の御時哥《おほんときうた》めしければ」という詞書《ことばがき》がついており、宇多天皇の頃から、醍醐天皇の時代に宮廷に仕えた歌人であろう。前述の「吹くからに秋の草木のしをるればむべ山風を嵐《あらし》といふらむ」の歌は、父の康秀ではなく、朝康の作という説があることは記したが、発想に奇智《きち》のひらめきがあり、その為《ため》に歌の姿が小さくなるところもよく似ている。が、かるたをとる場合には、両方ともとりやすい札で、おそらく同じ作者の歌に違いない。そういうことは、上の空で読んでいても、いや、上の空でいた方が、自然に感じとれるものである。

三十八　右近《うこん》

忘らるる身をば思はずちかひてし
人の命の惜しくもあるかな

捨てられるにきまっている自分のことはさておき、かたく誓った相手の男に罰が当るのを恐れるという歌で、「拾遺集」には「題知らず」としてある。したがって、相手の名を知る由《よし》もないが、「大和物語」には、右近は少将季縄《すえつな》の女《むすめ》で、七条后穏子《おんし》（醍醐天皇の后《きさき》）に仕えていたが、ある男とねんごろに付合っていた。その男は、何かといえば、神かけて忘れないと誓っていたのに、日頃の言葉にそむいたので、右の歌をよんで贈ったと伝えている。

父親の季縄は右近衛《うこんえの》少将だったので、女房名を「右近」と称した。季縄は「交野《かたの》の少将」とも呼ばれ、鷹匠《たかじょう》であったという。交野は狩場で聞えた所だから、そのあたりに住んでいたのであろう。当時の鷹匠がどういう身分のものか知らないが、近衛少将に任ぜられたのをみると、そう低い地位ではなかったらしい。平安時代には、「交野この少将」と名づける物語もあり、彼を主人公にしたと思われるが、現在は失われているのでわからない。

このような歌を貰《もら》った男は、返事のしようがなかったに違いない。考えようによっては、「人の命の惜しくもあるかな」なんて厭味《いやみ》たっぷりだが、初句の「忘らるる」から、ひと息にいい流した歌の姿は、充実していて美しい。殊《こと》に自分の身の上は考えずに、男のことを心配したのは、他の男性にとっては「女はかくこそありたき」と賞《しよう》讃《さん》されたであろう。が、せっぱつまった詠《よ》みぶりではなく、余裕をもって、相手の男をからかっているように見えなくもない。「大和物語」には、八十一段から八十五段まで、右近の話がつづいているが、藤原時平《ときひら》の子の敦忠《あつただ》が通っていて、「たのめたまふことありけるを」（愛を誓っていたのに）、右近が里へ帰った後は、さらに訪ねることもなかったので、このように詠んで贈ったという。

わすれじとたのめし人はありときく
言ひし言の葉いづちいにけむ

この歌の発展したものが、「忘らるる身をば思はずちかひてし」の歌ではなかったであろうか。歌の調べもずっと緊張して、ととのっている。とすれば、恥をかいた男は、もしかすると、敦忠であったかも知れない。王朝の人々は、あからさまに物をいうことを嫌ったから、その段にはただ「をとこ」と記してあるが、前に敦忠の話が出ているのをみると、「をとこ」は敦忠に違いないと私は思っている。

三十九　参議等《ひとし》

浅茅生《あさぢふ》の小野のしのはら忍ぶれど
あまりてなどか人の恋しき

「浅茅生の小野のしのはら」は、しのぶということをいい出す為《ため》の序詞である。が、いくら忍んでも我慢できないくらい恋しいという意味で、掛言葉など気にならないほど切ない気持がほとばしっている。

この歌には、実は本歌がある。本歌というより、「古今集」の「よみ人知らず」の歌から、上の句を殆《ほと》んどまるごと借りている。

浅ぢふの小野の篠原《しのはら》しのぶとも
人知るらめやいふ人なしに
よみ人知らず

上の句は同じでも、歌の姿は比較にならない。というより、等《ひとし》によって、死んだ歌が蘇《よみがえ》ったというべきであろう。それだけ「よみ人知らず」の歌の方が素朴《そぼく》だともいえるが、このように無技巧な歌は、定家には我慢できなかったに違いない。ついでのことにいっておくと、小野も篠原も、特定の地名ではなく、茅草《ちぐさ》の生い繁った野原のことで、「蓬生《よもぎふ》」「粟生《あはふ》」「麻生」などと同じ使い方である。

参議は官名で、左右の大臣と内大臣を助ける役目をいう。等《ひとし》は、嵯峨《さが》天皇の曾孫《そうそん》で、臣下に降《くだ》って源氏を名のったが、歌人としては知られていず、定家は世間の常識を破って、百人一首の一人に加えたのであろう。「古今集」に本歌があったから、歌の不得手な人にも、後をつづけることが出来たのかも知れないが、結果がよければ何もいうことはない。百人一首にとられたことによって、一流の歌人として認められるに至ったのは、彼のためには仕合せであった。

四十　平兼盛《たいらのかねもり》

しのぶれど色に出《いで》にけりわが恋は
物や思ふと人の問ふまで

前の歌の「忍ぶれど」をうけて、兼盛の「忍恋《しのぶこい》」の歌が出て来る。源氏と平家を並べたのも、偶然の一致ではあるまい。兼盛は光孝天皇の子孫で、兼盛王と称したが、後に臣下に降って、平氏を名のった。源等《ひとし》とはちがって、名高い歌よみで、三十六歌仙の一人として、多くの歌を遺《のこ》している。

その中でもこの歌は特に美しい。「しのぶれど色に出にけり」とひと息に謳《うた》いあげ、下三句ではその恋が、ついに人に知られるまでにつのって行く。そうはっきりとはいっていないのだが、内にある思いが外へにじみ出て行くように作られている。それは「表現」という言葉に、もっともふさわしい詠歌といえよう。枕詞《まくらことば》も掛詞も用いず、恋心が次第に高まって行く様をみごとに謳ったのは、並々の腕前ではない。やはり鑑賞する時は、詞《ことば》の勢にしたがって、上二句で一旦《いったん》切り、あらためて「わが恋は」とうたい出せば、切々とした嘆息が聞えて来るように思われる。

いかにも自分の秘めた思いを打ち明けたように聞えるが、「拾遺集」の詞書によると、「天暦《てんりやく》（村上天皇）御時《おほんとき》歌合」の際に詠《よ》んだものとなっている。天徳四年三月三十日に行われたので、「天徳内裏歌合」ともいい、左方に兼盛、右方には、次に出て来る壬生忠見《みぶのただみ》が合わされた。両方ともすぐれた歌だったので、勝負決しがたく、選者の実頼が、ひそかに天皇の顔色をうかがうと、天皇は何ともいわれずに、「しのぶれど」の歌を口ずさまれたので、兼盛の勝にきまったと伝えている。

兼盛はその朝早くから衣冠束帯に身を正し、陣の内に伺候《しこう》していたが、自分の歌が勝ったことを知ると、その他の勝負には見向きもせず、拝舞しながら御前を退出したという。よほどうれしかったに違いない。平安朝の人々が、和歌に執着したのは、日常の付合いに必要としただけでなく、「歌合」という晴れの場があったために他ならない。その盛大な光景は、今となっては想像することも出来ないが、村上天皇の歌合は特に有名で、後世の模範とされていたと聞く。面目をほどこした兼盛にとっては、生涯の思い出となったであろう。彼も実生活の面では不遇だったらしく、仕官のために朝廷へ奉《たてまつ》る申文《もうしぶみ》に、このような歌をそえたこともあった。

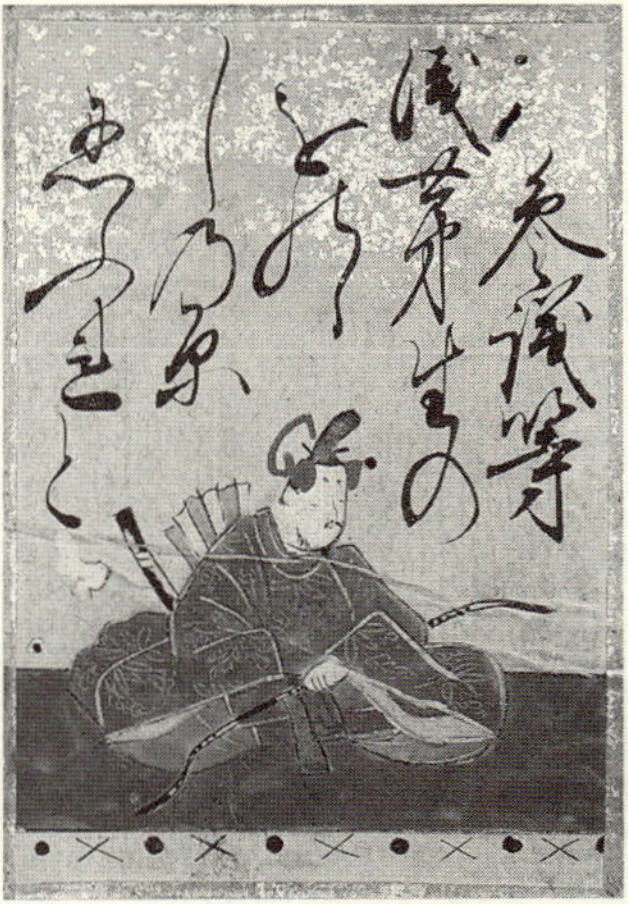

沢水に老い行くかげを見るたづの
鳴く音雲井に聞えざらめや

「平家物語」には、源三位頼政《げんざんみよりまさ》が同じ主旨の歌をよんで、四位から三位に昇進したことが出ているが、和歌の道は処世のためにも欠くことの出来ぬ要素であった。中流貴族の中に、よい歌よみが生れたのは故《ゆえ》なきことではない。

四十一　壬生忠見《みぶのただみ》

恋《こひ》すてふ我名《わがな》はまだき立《たち》にけり
人しれずこそ思ひそめしか

前述の兼盛の歌と対になっている。「天徳歌合」の際に、優劣定めがたかったのだから、どちらがいいとは一概にいえない。兼盛の歌とは逆に、自分の恋は早くも噂《うわさ》に立ってしまった、人知れず思っていようと秘めていたのに、と嘆いた歌である。しいていえば、兼盛の方が技巧的で、これは素直に自分の気持を述べているといえよう。

私の好みをいうなら、やはり兼盛の歌の方が、語気が強いだけ恋の烈《はげ》しさが表現されているところから、二人を並べて出したのであろう。が、定家は両方ともそう高くは買わなかったようで、有名な逸話があると思う。

百人一首の順序については、様々な説があるが、大部分ははじめのままで、こうして書いていると、一篇の物語を読むような気がして来る。或《ある》いは歴史といってもいい。定家にどんな思惑があったか知らないが、そういう所が他の歌集とはちがう。宇都宮氏の山荘を訪れる人々は、障子に描かれた似せ絵と、定家の筆になる色紙を眺めて、その行届いた選びかたに讃嘆《さんたん》の声を放ったであろう。新古今が公《おおや》けの歌集であるのに対して、百人一首は定家にとって、自由に歌が選べる私的な歌合の場ではなかったか。私が書きはじめた頃は、さぞあきあきするだろうと心配していたが、楽しんで書いて行けるのは、選者の気持が反映しているのだと思う。

忠見は、壬生忠岑《ただみね》の子で、風流な歌人として知られていたが、やはり生年は不詳である。村上天皇に仕えた下級官人で、父の忠岑と名が似ている為《ため》に、混同されることが多い。幼時から歌を作ることが上手で、禁裏から召された時、家が貧しいので、乗物がないと断った。では、竹馬に乗って参れといわれ、このように詠《よ》んで奉《たてまつ》った。

竹馬はふしかげにしていと弱し
　今夕影に乗りて参らん

竹の節に、馬の鹿毛《かげ》を重ね、更に「夕影」に通わせたのである。何歳くらいの時かわからないが、天皇は彼の才能を殊《こと》の外《ほか》愛され、おそばに仕えた後は度々歌を取り交している。伝記は不明でも、逸話は多く、「天徳歌合」で、兼盛に負けた後、落胆のあまり死んだという話が、「沙石集《しやせきしゆう》」に見えている。

忠見心うく覚えて、心ふさがりて、不食《ふじき》の病付《やまひつき》てけり。たのみなきよし聞《きき》て、兼盛訪《おとな》ひければ、別《べち》の病にあらず。御歌合の時、名歌よみ出《いだ》して覚侍《おぼえはべり》しに、殿の物や思ふと人のとふまでに、あわと思ひて、あさましく覚えしより、むねふさがりて、かく思侍《おもひはべ》りぬと、つひに身まかりにけり。

おそるべき執心である。和歌に執着して命を落した人々は、ほかの物語にも見えているが、それ程和歌の道というものは重要視されていた。現代の私達がいくら近づこうとしても、しょせんほんとうの所はわからないのかも知れない。

四十二　清原元輔《きよはらのもとすけ》

契《ちぎ》りきなかたみに袖《そで》をしぼりつつ
末の松山なみこさじとは

互いに涙をこぼしつつ、契りを交したのだから、末の松山を波が越すことがないように、二人の仲は永久に変るまいという歌で、「古今集」の古歌をふまえている。

君をおきてあだし心をわが持たば
末の松山浪《なみ》も越えなむ　　よみ人知らず

古今集には、「東歌」の中の「みちのくうた」としてあり、公けの儀式に、大歌所の人々が奏《かな》でた、神楽《かぐら》、催馬楽《さいばら》、風俗《ふぞく》のたぐいをいう。これは東北地方に伝わった民謡であろう。「歌枕《うたまくら》」というものは、そういう所から発生した。ただの名所と違うのは、名前が美しいところから、多くの歌に取りあげられ、次第に「歌枕」として定着して行ったので、「枕詞《まくらことば》」とも関係がある。

『大日本地名辞書』によると、末の松山は二ヵ所あり、多賀城の近くの八幡《やはた》と、一戸《いちのへ》と福岡の間の浪打峠《なみうちとうげ》ともいわれている。吉田東伍《よしだとうご》氏は八幡の方を正しいとし、そこには「末松山神社」という古い社もある。「歌枕」は、名前と景色が美しいだけではなく、その地方の歴史と結びついて、はじめて成立するのであろう。たぶんこの「みちのくうた」も、変らぬ心を末の松山の神に誓ったので、神のいます所は、波もおそれて越さないという言伝えがあったのかも知れない。

先にもいったように、元輔は深養父《ふかやぶ》の孫で、清少納言の父であった。晩年には従五位上に叙せられ、肥後守《ひごのかみ》に任ぜられたが、生活は豊かではなかったらしい。「枕草子」には、除目《じもく》の折に、地方官や下級の役人が、奔走に力をつくしたことが見えているが、それは父親の苦労を知っていたからだろう。元輔も和歌の道で名を得ることに、常に心を用いたようで、こういう逸話が「撰集抄《せんじゆうしよう》」に伝わっている。

ある貴族の家で、七夕の扇合《おうぎあわせ》があった時、中務《なかつかさ》という女房の扇に、次の歌が書いてあった。

天の川かたへ涼しきたなばたに

扇の風をなほや貸《か》さまし

皆が、その扇を手にとって、感心しているところへ、元輔が遅くなって現れた。見ると美しい手で歌が書いてある。

天の川扇の風に霧はれて
空澄みわたる鵲《かささぎ》の橋

この二つの歌が勝ちと定められ、他の扇は「花のあたりの深山木《みやまぎ》の心地」がしたと記している。「契《ちぎり》きな」の歌と同じように、詞の使い方に無駄がなく、上手な歌だと私は思う。「扇合」は、歌合から発展したもので、夏の行事であることはいうまでもない。扇合の伝統は、室町時代に至ると、「扇づくし」という絵巻の形式に発展して行く。宗達の描いた「扇絵ちらし」も、本来なら歌をともなっていた筈《はず》で、絵画や漆芸、きものの文様にまで、平安朝の和歌は影響を及ぼした。

四十三　権中納言敦忠《ごんちゅうなごんあつただ》

逢《あ》ひみての後の心にくらぶれば
昔はものを思はざりけり

藤原敦忠（九〇六―九四三）は、左大臣時平の三男で、右近《うこん》と交渉のあった貴公子である。十二歳で昇殿をゆるされ、蔵人頭《くろうどのとう》、参議などを経て、権中納言に昇進した。時平が「本院の大臣」といったので、「本院の中納言」とも、また琵琶《びわ》の名手であったため、「枇杷の中納言」とも呼ばれた。「よにめでたき和歌の上手」と称されたが、この歌にもういういしい感情が素直に現されている。いわゆる宮廷歌人の技巧もないかわり、いかにも貴公子らしい詠《よ》みぶりで、しかも万人に共通する経験を謳《うた》っているといえよう。「拾遺集」には、「題しらず」として出ているが、後朝《きぬぎぬ》の別れの後に女に贈ったのか、女と逢《あ》ってかなり経《た》って詠んだのか、どちらにでもとれる。

敦忠の母は、在原業平《ありわらのなりひら》の子、棟梁《むねやな》の女《むすめ》であった。業平の血をひいて、たぐい稀《まれ》なる美女として知られており、谷崎潤一郎氏の『少将滋幹《しげもと》の母』は、この人をモデルにしている。はじめ時平の伯父、国経《くにつね》の北の方であったが、時平が方違《かたたがえ》に行くといつわって、国経の家に泊り、主《あるじ》が喜んで饗応《きょうおう》している間に、酔いつぶれて寝てしまった。そのすきに、北の方を抱きかかえ、車に乗せて連れ去った。その時彼女は国経の子をみごもっており、月満ちて生れたのが敦忠である。

思ひ出づるときはの山の岩つつじ
いはねばこそあれ恋しきものを
よみ人知らず（古今集）

「十訓抄《じっきんしょう》」にはこの歌を、国経が悲歎《ひたん》のあまり謳ったとしているが、もとより本当のところはわかってはいない。が、ほぼ似たような事実があったことは、「十訓抄」ほかいくつかの物語によって知ることが出来る。母親似の敦忠は、水のしたたるような美男の上、和歌と琵琶に秀《ひい》でていたので、宮廷の寵児《ちょうじ》として一世を風靡《ふうび》した。天慶《てんぎょう》六年（九四三）、三十八歳で亡《な》くなった時には、惜しまぬ人はなかったという。

博雅三位《はくがのさんみ》については、蟬丸《せみまる》の章でふれたが、敦忠と同時代の人で、琵琶を巧みに弾いたが、敦忠の死後は、宮廷一の名手となり、彼が参内しない時は、管絃《かげん》の遊びが中止されるほどだった。が、心ある人々は、敦忠の琵琶の方が、はるかに上であったことを知っており、もし彼が存命であったなら、博雅三位ごときが、このように持囃《もてはや》されることはなかったのにと、嘆いたという。私の百人一首の味わい方は、そういう工合につづいて行く。だから物語を読むような気がするといったのだが、話のついでに記しておくと、「逢ひみての」の相手を、かりに右近とすれば、一篇の小説が出来上る。その後、「逢ひみての後の心」は、一種の熟語となり、多くの歌にとり入れられた。藤原公任《きんとう》によって、「三十六人集」にえらばれたためもあろうが、業平の再来のような貴公子への憧憬《どうけい》と興味もあったに違いない。

四十四　中納言朝忠《あさただ》

逢《あ》ふことの絶えてしなくは中々に
人をも身をも恨みざらまし

ここのところ三人ほど藤原の一族がつづく。朝忠（九一〇―九六六）は、三条右大臣定方《さだかた》の五男で、敦忠と同じく冬嗣《ふゆつぐ》の系統に当る。この歌は、例の「天暦御時歌合《てんりやく》」に詠《よ》んだと「拾遺集《しゅういしゅう》」に記してあり、兼盛《かねもり》・忠見《ただみ》等をしたがえて、公卿《くぎょう》が綺羅星《きらほし》の如《ごと》

権中納言敦忠

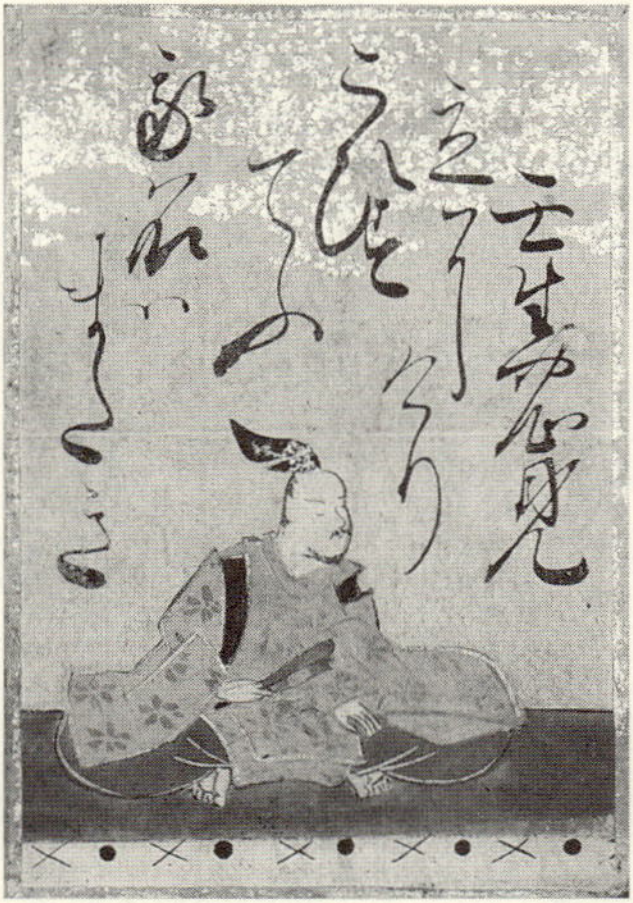
壬生忠見

中納言朝忠

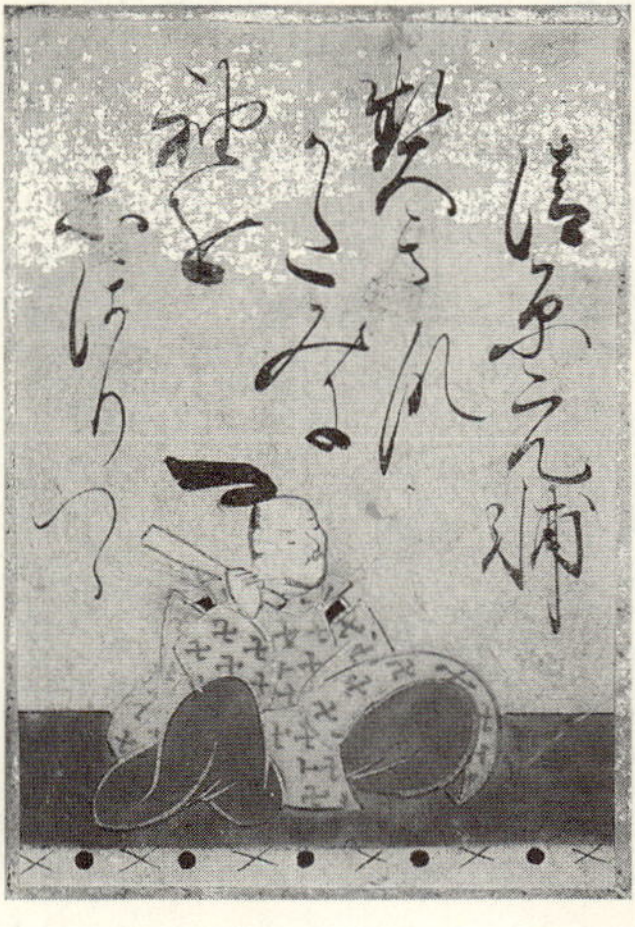
清原元輔

く居並んだ光景が目に浮ぶ。「逢ふことの」の一首は、説明を要さないほど簡明な歌であるが、敦忠に比べると、やや焦点が霞《かす》んでいるような気がしないでもない。逢うことがなかったならば、人（女）もわが身も恨むことはなかったであろうに、だが恨んでいるという反語で終っている。敦忠と同じように、専門歌人とはちがって、人を恨んでもどこかのびのびした余裕がある。実頼《さねより》の判詞に、「詞《ことば》清げなり」とされたのも、そういう心のゆとりをいったのかも知れない。

敦忠の歌と似ているのはそれだけではない。言葉で言い現すのはむつかしいが、「逢ひみての」と「逢ふことの」にはじまる歌の調べが、目に見えぬ糸でつながっているような感じがする。それはこの二つの歌だけではなく、たとえば「相坂山のさねかづら」の次に、「小倉山峯《みね》のもみぢ葉」が現れ、またそれを受けて、「みかのはら」の泉に対して、「山里」の冬景色が展開されるといったように、歌の心と詞がつかず離れずつづいて行く。定家は晩年、短歌より連歌の方に熱心であったというから、百人一首の場合も、連歌的な発想のもとにえらんだのではなかろうか。連歌についてまったく不案内な私が、こんなことをいうのは僭越《せんえつ》かも知れないが、百人一首をよみすすんで行くと、一つ一つ切離して味わうわけに行かなくなる。だからといって、定家が意識的にそうしたというのではない。人間の本能として、互いに友を求め合い、別れてはまためぐり逢う、そこにかもし出されて行くリズムが、私にはこの上なく美しいものに思われる。

この朝忠については、面白い逸話がある。彼は大男で、大変太っていた。笙《しょう》を好んで吹いていたが、太っているので息が苦しい。ある時医師《くすし》を招いて、どうしたら痩《や》せることが出来るか相談した。医師は困って、薬といって別にないが、食事療法をなさるにかぎる。その方法は、冬は湯づけ、夏は水づけを召上れば、必ず痩せると太鼓判を押した。が、いつまで経《た》っても、痩せるどころか肉はつくばかりである。朝忠はまた医師を呼んで、文句をいった。では、どんなものを上るのか、拝見したいというと、家来を呼んで、食事を運ばせた。見ると、みごとな鮎《あゆ》に、干瓜《ほしうり》様のものを、山のように器に盛り、大きな椀《わん》に飯を高々と盛りあげた上に、水を少々かけて、何杯もおかわりをした後、一粒のこさず平らげてしまった。医師はあきれ返って、そのまま座を立って帰ったが、いくら水飯でも、こんなに食べては痩せる筈《はず》はなく、ますます太って、しまいには、相撲取りのようになったという。

この話は「宇治拾遺集」に出ているが、そういう人が優雅な歌を詠んだかと思うとおかしくなる。まさか定家には、美男の敦忠と、大食漢の朝忠を並べて喜ぶ趣味はなかったと思うが、何しろ一筋縄では行かぬ男である、そのくらいのいたずらはやりかねなかったかも知れない。

四十五　謙徳公

哀《あは》れともいふべき人はおもほえで
身のいたづらになりぬべきかな

自分のことを哀れと思ってくれる人はいないのに、このまま死んでしまうのかと思うと悲しくなる、と嘆いた歌である。

「拾遺集」には、「物いひ侍《はべり》ける女の、のちにつれなく侍て、さらにあはず侍ければ」という詞書《ことばがき》がついている。謙徳公（九二四―九七二）は、前に述べた貞信公《ていしんこう》の孫で、藤原師輔《もろすけ》の長男に生れた。一条摂政伊尹《せっしょうこれただ》と称し、謙徳公はその謚号《しごう》である。才智《さいち》にめぐまれた上、容貌《ようぼう》が美しく、和歌の道に秀《ひい》でていたので、わがままな所があったらしい。父師輔は堅実な政治家で、子孫への遺言にも、質素を旨《むね》とし、倹約をすすめたが、伊尹はその言に背いて、贅沢三昧《ぜいたくざんまい》の生活を送った。天禄《てんろく》年間に、伯父の実頼にかわって摂政となり、氏《うじ》の長者におされた後は、心にかなわぬものはなく、いよいよ奢《おご》りの心は高まったという。

それについて、「大鏡」は有名な逸話を伝えている。ある時、伊尹が大臣になった祝宴を開こうとしたところ、寝殿の壁がうす汚れて見えたので、早速「みちのくにがみ」を取りよせて、壁一面に張らせた。「なかなかしろくきよげに侍ける。思ひよるべきことかはな」と讃嘆《さんたん》している。「みちのくにがみ」は奥州檀紙《おうしゅうだんし》のことで、当時は特別貴重な紙であった。それを惜しげもなく壁に張りつめたのだから、驚いたのは当然である。万事につけてそういう調子だったので、五十にも満たずして死んだ時は、罰が当ったのだと人は噂《うわさ》した。後に出て来る藤原義孝は彼の三男で、その子が能書で名高い行成《ゆきなり》である。彼等の一族を「世尊寺殿」と呼ぶのは、伊尹の一条第を寺に直して、「世尊寺」と称したからで、伊尹の奢りを示す「みちのくにがみ」は、定家の頃にはまだ残っていた。

なお伊尹には「一条摂政御集」という著書があり、「大蔵史生倉橋豊蔭《おおくらのししょう》」というペンネームで、「（豊蔭は）くちをしき下衆《げす》なれど、若かりける時、女のもとにいひやりけることどもを書き集めたるなり」と、無名の人物に託して歌物語をつくった。その最初に「あはれともいふべき人」の歌が出ている。豊蔭（実は伊尹）にとって、特別な女ではなかったが、「年月を経て、かへりごとをせざりければ、まけじと思ひていひける」という詞書にも、負けず嫌いな性格の一端が現れている。

作者にとっては、「ことならぬ女」だったかも知れないが、出来上った歌には、切々とした思いがこもっており、物語の言葉は、偽りではないかと疑いたくなる。定家はそれとは別に、単独な歌として評価したのであろう。動機は何であれ、作品が美しければ何事も許されるので、伊尹にとっては、心奢りのはてに達した人生の哀歓であったかも知れない。

四十六　曾禰好忠《そねのよしただ》

由良《ゆら》のとを渡る舟人かぢをたえ
行衛《ゆくへ》も知らぬ恋の道かな

由良の戸を渡る舟人が楫《かじ》を失ったように、恋路に迷って途方に暮れているという歌で、上の句は下の句の序詞である。「由良の戸」は、紀州と四国の間にある海峡で、潮流が早いことで知られている。ここでは歌枕《うたまくら》として扱ってはいないが、風光明媚《めいび》な海浜で、「由良」という地名も、ゆらぐ、ゆらめく、といったような言葉を聯想《れんそう》させる。その由良の戸の潮流に逆らって、おぼつかなく舟をあやつる漁夫の姿が彷彿《ほうふつ》とされ、「行衛も知らぬ恋の道」には、これ以上の序詞はあるまい。上の句と下の句が、同じ重さ（軽さといってもいい）で均衡を保ち、自然に流れて行くことも、歌の姿をゆるぎのないものにしている。

曾禰好忠は、花山《かざん》天皇の頃の歌人で、詳細な伝記は知られていない。丹後掾《たんごのじよう》だったので、曾丹《そたん》とも呼ばれたが、そた（粗朶《そだ》か）に通ずるといって彼は嫌っていた。片意地で、ひがみの強い人間であったらしい。ある時、円融院が船岡へ御幸《みゆき》になり、二条から大宮通を上って行く行列を見るために、道筋には物見車がつめかけていた。やがて紫野についた一行は、錦《にしき》をはりめぐらした座敷をしつらえ、そこで歌会が開かれた。平兼盛《かねもり》、清原元輔《もとすけ》のほかに、後に出て来る大中臣能宣《おおなかとみのよしのぶ》、源重之《しげゆき》等が、召しに応じて席につくと、末座の方にむさくるしい老人が坐《すわ》っている。誰かと思えば、かの好忠で、人々がとがめると、この招かれざる客は、傲然《ごうぜん》と言い放った。

——今日の御遊《ぎよゆう》には、歌詠《うたよ》みが集るとうかがった。歌詠みならば、そこらの連中に、この好忠が引けをとるものか、と。

居並ぶ大臣や上達部《かんだちめ》は憤怒《ふんぬ》して、曾丹が首をとらえて追出せと命じたので、若い使用人達が幕の外へほうり出してしまった。彼は一途《いちず》に歌を好んだので、時には軽率な振舞に及ぶこともあったというが、一途に好まなかったならば、このような名歌は詠めなかったに違いない。およそ頑固な老人に似ても似つかぬ雅《みや》びな歌であるが、頑固も片意地も、裏を返せば直情・純真ということで、作品と人間の関係ほど興味のあるものはない。位人臣を極めた謙徳公と、好忠のような疎外者《そがいしゃ》を、番《つがい》にして合せたのも面白い。公《おおや》けの歌合では、このようなことは絶対に行われなかったであろう。

四十七　恵慶《えぎよう》法師

八重《やへ》むぐらしげれる宿のさびしきに
人こそ見えね秋は来にけり

読者は河原の左大臣と呼ばれた源融《とおる》のことを記憶していられるであろう。一代の風流児が、この世を去って既に百年、六条河原の院は荒れはてていた。そこで友達が集った時、恵慶が詠《よ》んだのが右の歌である。したがって、「人こそ見えね」の人とは、融のことをさしており、その一句によって全体が生きて来る。

「拾遺集」の詞書《ことばがき》には、「河原院にてあれたる宿に秋来といふ心を人々よみ侍《はべり》けるに」

とあり、その頃は安法《あんぽう》法師という風流人が河原の院に住み、和歌のサロンを形成していた。恵慶はその定連であったらしい。だが、河原の院が荒廃したのは今はじまったことでない。融の死後、早くも衰退のきざしは現れていた。「古今集」哀傷の部に、紀貫之《きのつらゆき》がこのように詠んでいる。

河原の左のおほいまうち君（左大臣）のみまかりて後、かの家にまかりてありけるに、塩竈《しほがま》といふ処《ところ》のさまを造れりけるを見てよめる

君まさでけぶり絶えにし塩竈の
　うらさびしくも見え渡るかな

河原の院の所在地については、古来さまざまの説があるが、「山城名所図会」には、「六条坊門ヨリ六条ニ至リ、万里小路《までのこうぢ》ヨリ京極ニ至ル。此内《このうち》浄徳寺ノ鎮守ヲ、融公ノ塩竈社トイフ。又、塩竈町ト称《とな》フル所有リ」と記し、周囲八町におよぶ広大な地域を占めていた。鴨川《かもがわ》の水をひいて、陸奥《みちのく》の千賀の塩竈の景色を移し、籬《まがき》ケ島を造って、日毎《ひごと》に潮《しお》を汲《く》んで焼かせたことは前述のとおりである。在原業平《ありわらのなりひら》もそこを訪ね、数寄《すき》をこらした庭の風景を讃美《さんび》している。

塩竈にいつかきにけむ朝なぎに
釣する舟はここによらなむ　（続後拾遺和歌集《しょくごしゅうい》）

その後、河原の院は融の子息に相続されたが、豪華な邸宅をもてあまし、宇多《うだ》上皇に献上した。上皇はしばしばそこで御遊《ぎょゆう》を楽しまれたが、やがて融の幽霊が出没するという噂《うわさ》が立ち、鎮魂の祭を行なった。荒廃したのはその幽霊のためかも知れない。業平から貫之へ、更に恵慶へと、多くの歌人に謳《うた》われた六条河原の院は、歌枕《うたまくら》というより伝説的な名所となり、風雅の象徴と化して生きつづけた。「源氏物語」夕顔の巻に、光源氏が夕顔を誘い出した「なにがしの院」は、ここのことではないかと私は思っている。

いといたく荒れて、人目もなく、はるばると見渡されて、木立いと疎《うと》ましくもの古《ふ》りたり。気近《けぢか》き草木などは、殊《こと》に見所なく、みな秋の野らにて、池も水草《みくさ》にうづもれたれば、恐しげなり。

正に「八重むぐらしげれる宿の」景色ではないか。夕顔はそこで何とも知れぬ物《もの》の怪《け》のために命を失うが、紫式部は誰の仕業《しわざ》ともいってはいない。「源氏物語」を読む人々が、同じ六条に住む御息所《みやすんどころ》の生霊《いきりよう》であることを、ひそかに感じとっているにすぎない。またそんな風に思わせるところが、作者の巧みな筆の力である。が、御息所の背後に、融の大臣《おとど》の影がちらつくのを、私はどうすることも出来ない。御息所の生霊をあやつっているのは、融の亡霊ではなかったか、そんな感じがする。

その亡霊を主人公にしたのが「融」の能で、月夜の晩に現れて、昔をしのぶ物語をする。もはや伝説でも歌枕でもなく、これは一つの歴史である。歴史を史料としか見ぬ人々には反対されるだろうが、もし「昔をしのぶ」ことがその本質であるならば、歴史の典型的な姿であるといっても過言ではない。観光は盛んになったが、昔をしのぶ心を失った今日、融の魂は、幽霊になることもかなわず、下寺町の塩竈神社に封じこめられている。そこには八重むぐらさえ繁《しげ》ってはいず、五条橋の西南に「籬《まがき》の森」だけが、かつての栄華の名残を止《と》どめているにすぎない。

四十八　源重之《しげゆき》

風をいたみ岩うつ波のおのれのみ
くだけてものをおもふ比《ころ》かな

「万葉集」から「古今集」へ、そして「後撰集《ごせんしゅう》」「拾遺集」「後拾遺集」「金葉集」「詞花集」へと、時代は次第に降って行く。これは「詞花集」の恋の歌で、「冷泉院春宮《れいぜいいんとうぐう》と申しけるとき百首歌奉《たてまつ》りけるによめる」中の一つである。が、この歌には既に本歌とおぼしきものがある。

風吹けばいはうつなみのおのれのみ
くだけてものをおもふころかな　伊勢

だが、本歌というにはあまりに似すぎている。「詞花集」ができたのは、天養《てんよう》元年（一一四四）のことで、長い間謳《うた》われて行くうちに、重之の作と混同されたのかも知

れない。「風をいたみ」は、風が強いという意味で、「岩」を女に、「波」をわが身にたとえている。恋の部に入っているため、そういう風にうけとれるのだが、もっと一般的な意味に解して、世間の荒波にくだけ散る己《おの》が姿を謳ったとみてもいい。重之の立場としては、後のように解釈した方が、ふさわしいのではないかと私は思っている。

重之は、嵯峨《さが》天皇の曾孫《そうそん》で、歌人としては知られていたが、一生の大部分を地方官ですごした。後に述べる実方《さねかた》とは親しかったようで、実方が陸奥守《むつのかみ》に左遷《させん》された時も同行し、そのまま陸奥にとどまって没したと伝える。

陸奥《みちのく》の安達が原の黒塚に
鬼籠《こも》れりといふはまことか　　平兼盛

お能や歌舞伎で有名な安達ヶ原の鬼女であるが、実はこの歌は、重之に美しい妹が大勢いると聞き、平兼盛が美女を鬼にたとえて贈った歌であるという。「黒塚」という名称には、何となく古墳のような匂《にお》いがあり、そこに鬼が住むという伝承があったのかも知れない。そうでなくても、昔は女を鬼にたとえた例がいくらもあり、兼盛はたわむれに詠《よ》んだのであろう。それを後世の人々が、知ってか知らずか、芸能に脚色したので、安達ヶ原といえば、恐しい鬼女を聯想《れんそう》するようになった。が、私には和歌の生命力の方が、鬼よりはるかに強いもののように思われる。

四十九　大中臣能宣《おおなかとみのよしのぶ》

　みかきもり衛士《ゑじ》のたく火の夜は燃え
　昼は消《きえ》つつ物をこそおもへ

「御《み》垣守《かきもり》」は宮廷の御門を守護する役目のことで、ここでは「衛士」の枕詞《まくらことば》である。その衛士の焚《た》くかがり火のように、夜は燃ゆる思いに身を焦《こ》がし、昼は物思いに沈んでいるという歌で、昼と夜、赤と黒を対照的に扱っている。「詞花集」恋の部には、「題知らず」としてあり、どういう時に詠《よ》んだのかわかってはいない。「みかきもり衛士のたく火」は一つの慣用句として、多くの人々に使われたが、この歌にも本歌があったことを、契沖《けいちゅう》が指摘している。

　みかきもり衛士のたく火のひるはたえ

よるはもえつつ物をこそ思へ　　　よみ人知らず（古今六帖《こきんろくじよう》）

本歌というには似すぎており、この場合も伝承されて行く間に、能宣（九二一—九九一）の作になったのであろう。真偽はともかく、いい歌であることは確かで、夜の暗《やみ》に馴《な》れた人々が、どんなにかがり火をなつかしく思い、暖かく感じたか、そんなことまで想像される。

大中臣氏は、はじめ中臣と称し、神事を司《つかさど》る家柄であった。藤原鎌足も中臣の一族であったが、天智天皇から藤原の姓を賜った後は、神事と政治に分裂し、二派にわかれたことが、藤原氏を隆盛にしたと思われる。まつりごとという言葉は、祭と政治が一体であったことを示しており、朝廷においても、天智・天武の頃、祭政は分離した。後に中臣氏は、称徳《しようとく》天皇から「大」の字を賜り、大中臣と名のったと伝えている。能宣も、神事にたずさわっていたようで、かたわら歌人としても聞えていた。

親子三代にわたる歌詠みで、父の頼基《よりもと》にはきびしく訓練されたらしい。ある時、式《しき》部卿《ぶきよう》の宮に、子《ね》の日の祝いに行き、このような歌を詠んで、人々に賞讃《しようさん》された。

ちとせまで限れる松も今日よりは

君にひかれてよろづ世や経ん

ところが、父親はそれを聞いて、烈火の如《ごと》く怒った。主上のために詠むならさし支えないが、親王にこのような歌を奉《たてまつ》るのは、失礼に当るというのである。皇位継承の問題がややこしい時代に、ちと不謹慎であることは否《いな》めない。「子の日の遊び」というのは、正月はじめの子の日に小松を採って、庭に植え、千代を祝福する行事で、ねのひは「根延《ねの》び」を意味したともいう。現代の門松ともどこかでつながっている風習で、松は神の依代《よりしろ》であったから、神祇《じんぎ》に関係のある中臣氏は、子の日の遊びの中心人物であったに違いない。

五十　藤原義孝

君がため惜《を》しからざりし命さへ
長くもがなとおもひけるかな

藤原義孝（九五四―九七四）は、先に記した謙徳公（伊尹《これただ》）の三男で、兄の挙賢《たかかた》を先少将《さきの》、弟の義孝は後少将《のちの》と呼ばれて、宮廷の人々に愛されていた。義孝が十二歳になったある日のこと、一条院の御前で、殿上人《てんじょうびと》が連歌を行なったことがある。

秋はただ夕まぐれこそただならね

という句が出たが、誰も下の句をつける人がいない。そこで義孝はこのように詠《よ》んだ。

荻《をぎ》の上風萩《はぎ》の下露

人々が感じ入っている中で、父の伊尹は殊《こと》の外《ほか》うれしく思い、宮廷中に吹聴《ふいちょう》して廻ったという。その父親が死んで三年目の天延《てんえん》二年、義孝はわずか二十歳でこの世を去った。その年は疱瘡《ほうそう》がはやっており、兄弟ともにかかったが、朝《あした》には兄の少将が、夕べには弟の少将が亡《な》くなったと、「大鏡」は伝えている。「御かたちいとめでたくおはし」たにも関わらず、道心の深い若者で、病が篤《あつ》くなった時、死期の近いことを悟り、母親にむかって、「自分が死んでも、葬式はして下さるな。法華経《ほけきょう》を読んでさし上げたい望みをもっているので、必ず帰って参ります」といい、お経を誦《ず》しながら瞑目《めいもく》した。その遺言を忘れたわけではなかったが、母親は悲しさのあまり茫然《ぼうぜん》としていたので、葬式は形《かた》の如《ごと》くに行われ、義孝はこの世に帰るすべを失った。後に二、三の人々の夢に現れ、極楽に生れたことを知らせたという。

「大鏡」は、しきりにこの少将のことを讃美《さんび》しており、夜中に御所を退出したので、どこへ行くのかつけてみたところ、童《わらわ》一人具《ぐ》して、氏寺の世尊寺へ参り、西方へ向って、法華経を読誦《どくじゅ》していたとか、月の明るい夜に、白い直衣《のうし》に濃紫《こむらさき》の指貫《さしぬき》をはき、月光のもとに白い顔《かん》ばせがいっそう美しく見えたとか、口を極めて褒めたたえている。そういう人物が若くして死んだので、惜しまぬ人はなかったであろう。

右の一首は、あなたの為《ため》には命も惜しくはないと思っていたが、恋が成就《じょうじゅ》した後は、なるべく長生きがしたいと思うようになったという、真情のこもった歌である。「後拾遺集」の詞書《ことばがき》には、「女のもとよりかへりてつかはしける」とあり、早死を予感していたように思われなくもない。

五十一　藤原実方朝臣《さねかたあそん》

かくとだにえやは伊吹《いぶき》のさしも草
さしも知らじなもゆる思ひを

「後拾遺集」には、「女に始《はじめ》て遣《つかは》しける」という詞書《ことばがき》があり、うるさい程技巧が凝らしてある。そのために古来多くの説があって、いずれとも定めがたい。そういう時、私は、ただ歌を眺めることにしている。そうすると、歌の中から、もやもやした煙が立ちのぼるのが見えて来る。そして、作者は正にそのことがいいたかったのだと思う。だが、巧《うま》くいえないので、胸の思いはつのるばかりである。思いの煙に責められて、堪えられなくなった時、この歌が成った。

これでは一向説明にならないが、「さしも草」はもぐさ（よもぎ）のことで、お灸《きゆう》の熱さと切離して、この歌を鑑賞することは出来ない。伊吹山は、そのもぐさの産地で、伊吹のいに、言うをかけ、「さしも草」は「さしも知らじな」をひき出す為《ため》の序詞である。はじめに伊吹山にさしも草を聯想《れんそう》し、さしも草といったから、下の句がすらすらと出来たのであろう。技巧が勝っているわりに、よけいなことを考えないでよめば、案外いい歌だと思う。それは百人一首をとっている人々の方がよく知っていられるに違いない。

定家は実方の代表作として、左の歌をあげている。

いかでかは思ひありとも知らすべき
むろの八島のけぶりならでは　（八代集《はちだいしゅう》秀逸）

にも関わらず、百人一首に「かくとだに」の歌をえらんだのは、前後に比較的素直な歌が並んでいるからではなかろうか。「いかでかは」と「かくとだに」は、ほとんど同じ趣旨の歌で、私の説明の至らぬ部分を補ってくれると思う。

実方は、藤原定時の子で、叔父済時《なりとき》の養子になっていた。「枕草子」にも登場する公達《きんだち》で、一時は宮廷の花形であった。が、あまりに才人であった為か、思慮の浅いところがあり、ある日、殿上でとんでもない乱暴を働いてしまった。

それは藤原行成《ゆきなり》がまだ大納言《だいなごん》にならない頃、殿上で口論をし、実方はいきなり行成の冠を叩《たた》き落したのである。冠は男にとって命の次に大切なもので、寝る間もかぶっていたくらいだから、どんな無礼なことであったか察しがつく。ところが行成は、顔色ひとつ変えなかった。静かに殿守司《とのもりづかさ》を呼んで、冠を拾わせた後、守り刀から笄《こうがい》を抜いて鬢《びん》の毛をととのえ、おもむろに実方に向ってこういった。——どういうわけでこんな仕打をうけるのか、理由を承りたい、と開き直ったので、実方は這々《ほうほう》の体《てい》で逃げ出したという。

話はそこで終らない。一条天皇が、小蔀《こじとみ》のすきまから、一部始終を見ておられたので、行成は蔵人頭《くろうどのとう》に抜擢《ばつてき》され、実方の方は、「歌枕《うたまくら》見て参れとて」、陸奥国《むつのくに》へ左遷《させん》された。人を咎《とが》めるにしても、「歌枕見て参れ」とは洒《しゃ》落れた物言いで、王朝人の文化の高さを示している。源重之を従えて行ったのは、その時のことで、実方は長徳四年(九九八)、奥州《おうしゅう》で亡《な》くなった。

この歌は、実際に伊吹山を見て謳《うた》ったわけではないが、伊吹山を眺めつつ去って行った人の後姿が彷彿《ほうふつ》とされる。といっても、この伊吹山は、近江《おうみ》と美濃《みの》の境にそびえる伊吹山ではなく、下野《しもつけ》(栃木県)にある同名の山ということになっている。が、歌を味わう場合、私にはあの美しい近江の伊吹山でないとどうも工合が悪い。何《いず》れにしても、ここでは歌枕として扱っているのだから、読者のイメージにかなった方をとればいい。それが歌枕というものの特徴であるとともに、美しい所以《ゆえん》でもある。

実方の望郷の念は、死後雀《すずめ》になって、禁中の台盤所《だいばんどころ》に現れたという。今、四条大宮の更雀寺《こうじゃくじ》の一隅にある「雀塚」が、その霊を祀《まつ》ったところと伝えている。それよりこの寺を「すずめ寺」、杜《もり》を「すずめの森」といったと聞くが、更雀寺はもと勧学院が建っていた場所で、「勧学院ノ雀」という言葉から、寺名になったともいわれている。おそらくそれが真実に違いない。が、勧学院の雀と、いささか軽率であった実方を、結びつけた人々の想像力とユーモアは大したものだと思う。この伝説によって、実方はいっそう哀れな貴公子として、その名を後世に止《と》どめたのである。

後に西行法師が奥州へ下った時、実方の墓が薄《すすき》に埋れているのを見て、このような歌を詠《よ》んで彼の霊をなぐさめたという。

朽ちもせぬその名ばかりを留め置きて
枯野のすすき形見にぞ見る
（新千載集《しんせんざいしゅう》）

五十二　藤原道信朝臣《あそん》

明けぬれば暮るるものとは知りながら
なほ恨めしき朝ぼらけかな

一見淡々とした歌であるが、夜が明けてから次の朝までの、時間の経過が詠《よ》んであるところに、後朝《きぬぎぬ》の別れの未練がにじみ出ている。理屈っぽいようでいて、そう感じさせないのが、この歌の身上といえよう。「後拾遺集」の詞書《ことばがき》には、「女のもとより雪ふり侍ける日かへりてつかはしける」とあり、淡雪の降る朝景色を背景において味わうと趣きが深い。

藤原道信は、天禄《てんろく》三年（九七二）に生れ、正暦《しようりやく》五年（九九四）に没したというから、まだ若くて亡《な》くなったのであろう。太政大臣藤原為光《ためみつ》の子で、母は伊尹の女《むすめ》である。したがって前述の義孝は叔父で、行成には従弟《いとこ》に当る。「大鏡」は、道信について、「いみじき和歌上手にて、心にくき人」といい、その早逝を惜しんでいる。また「このおとど（為光）いとやむごとなくおはしましかど、御すゑほそくとぞ」と記

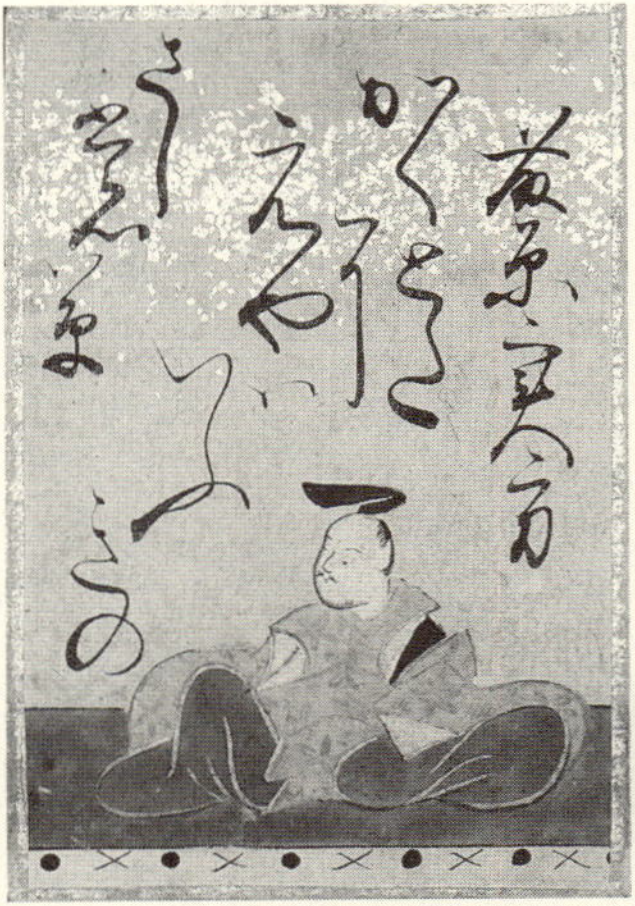

しているのは、子孫が早く死に絶えて、世に出なかったからである。そう思ってよみ返してみると、哀れの深い歌で、道信はひ弱い体質であったような印象をうける。

五十三 右大将道綱母《みちつなのはは》

歎《なげ》きつつひとり寝《ぬ》る夜の明《あく》るまは
　いかに久しきものとかは知る

「かげろふの日記」の作者である。承平《じょうへい》七年（九三七）藤原倫寧《ともやす》の女に生れ、藤原兼《かね》家《いえ》と結婚し、道綱を生んだ。「かげろふの日記」は、兼家と会って捨てられるまでのいきさつを、回想的に記した散文で、孤独の辛《つら》さと、愛欲の苦しみを、しっかりと見据えて書いている。そういう自分をかげろうにたとえて、「あるかなきかの心ちする、かげろふのにき（日記）といふべし」と、自ら命名しているのは、その名に似合わず気丈な女性であったことを示している。

「歎きつつ」の歌は、その日記の中に出て来る。道綱を生んで間もない頃、文筥《ふばこ》の中をまさぐっていると、女のもとへやる兼家の文が出て来た。せめてその手紙を見たことだけでも知らせたいと、恨み顔に歌をしたためて文筥の中に入れておいた。ひと月ばかり経て、三日ほど訪ねて来ない夜があった。素知らぬ顔で待っているところへ、兼家がやって来て、「どうしても参内しなければならない用がある」といい、また出て行ったので、人に後をつけさせると、はたして町の小路の女の家に入った。口惜しいけれども、便りをすることも出来ないでいると、二、三日経《た》った明け方に、門《かど》を叩《たた》く音がする。恨めしいので開けさせないでおいたが、そのままにしておくのも口惜しいので、「れいよりはひきつくろひて書きて、うつろひたる菊」の枝に、この歌をさして女の家に贈った、と記している。

「拾遺集」恋の部には、まったく別の詞書《ことばがき》がついており、「入道摂政《せつしよう》（兼家）まかりたりけるに、かどを遅くあけければ、たちわづらひぬといひいれて侍《はべり》ければ」と、綺《き》麗事《れいごと》に直してある。私が長々と日記の文章をひいたのは、くわしい事情を知っておいた方が、歌が生きると思ったからである。

「かげろふの日記」のこの部分だけ見ても、平安朝の女性が、男の為《ため》に苦しんだことがわかるが、道綱の母は、特別内攻的な性格のように見うけられる。だから名作が書けたのであろう。が、男の身になってみると、うっとうしい女性だったのではあるまいか。兼家がつまらぬ町の女にひかれたのも、息ぬきを必要としたに違いない。そういうことが重なって、兼家はほんとうに離れてしまうのだが、どちらかといえば、男の方に私は同情したい気持である。
なお、この歌には「返し」がある。

げにやげに冬の夜ならぬ槇《まき》の戸も
おそく明くるは侘《わ》びしかりけり

「げにやげに」という詞にも、兼家のうんざりした表情が見え、少しも心のこもっていないお座なりの歌に、彼女を持てあましていた気持が現れている。

五十四　儀同三司母《ぎどうさんしのはは》

忘れじの行末まではかたければ
今日をかぎりの命ともがな

儀同三司は、藤原伊周《これちか》のことである。母は高階成忠《たかしなのなりただ》の女《むすめ》で、貴子《たかこ》といい、関白道隆に嫁《か》して、伊周のほかに、隆家と中宮定子《ていし》を生んだ。はじめは円融院に仕えて、高内侍《こうのないし》と呼ばれたが、漢文の素養があって、詩も巧みに作ったという。道隆の死後、尼になったが、若い伊周は、叔父道長の敵ではなく、政権を争った後、太宰府《だざいふ》に左遷《させん》された。中宮定子もみじめな目に会われ、落飾して尼になられた。そういう不幸がうちつづいた後、長徳二年（九九六）、貴子は悲嘆の中《うち》に一生を終えた。

この歌は、まだ若かった頃の作である。「新古今集」には、「中関白（道隆）かよひそめけるころ」という詞書《ことばがき》があり、幸福の絶頂にあって、「今日を限りの命」であってほしいと願った歌である。前者とは反対に、男心などまったく信用してはいず、今この瞬間の恋の喜びを謳《うた》いあげている。こういう作品に出会うと、虫も殺さぬ王朝の女性達が、烈《はげ》しい情熱の持主であったことがわかる。

不幸は歌になるが、幸福を謳歌《おうか》することは中々出来にくいもので、ともすればいい気なものになってしまう。それを緊張した調べで謳いあげたのは、見あげたものだと私は思う。後鳥羽天皇も、この歌を愛誦《あいしょう》されたようで、「新古今集」恋三の巻頭歌にあげられ、隠岐《おき》で精選された時も、再びえらび直されている。

五十五　大納言藤原公任《きんとう》

滝の音は絶えて久しくなりぬれど
名こそ流れてなほ聞えけれ

「大覚寺に人々あまたまかりたりけるに、ふるきたきをよみ侍《はべり》ける　右衛門督《うゑもんのかみ》公任」と、「拾遺集」の詞書《ことばがき》にある。公任がまだ若い頃の作にちがいない。百人一首では、「滝の音」と書く場合が多いが、「拾遺集」には「滝の糸」としてあり、糸の方が美しいように思われる。

大覚寺は、嵯峨《さが》天皇の離宮の跡で、今も大沢の池の北側の藪《やぶ》の中に、「名こその滝」の旧跡がある。平安中期に、既に涸《か》れていたのだから、石組の一部が遺《のこ》っているにすぎないが、それさえ本物かどうか疑わしい。が、嵯峨院は大沢の池の北方にあったというから、昔をしのぶよすがにはなる。公任が行った時には、水は涸れても、滝殿は遺っていたようで、そこで歌会が催されたのであろう。

この歌は、滝の水が流れるような調べで、そのまま味わった方が趣きがある。「滝、の音は絶えて」とたの字を重ねた上、「なりぬれど、名こそながれて、なほ聞えけれ」と、なをいくつも並べることによって、音の効果を与えている。だから「糸」とした方が、余韻があって私は美しいと思う。

だが、「新古今集」の時代には、このように見えすいた技巧はもう古く、俊成《としなり》や定家には認められなかった。そうはいっても、当代一の歌詠《うたよ》みとされた公任を、百人一首からはずすわけに行かず、定家は無理してえらんだに違いない。いささかの余情も情趣も感じられない歌で、即興的に作ったと思われるが、平安時代の貴族の遊びが、おのずから詞の上に現れているのは面白い。

公任（九六六―一〇四一）は、太政大臣実頼《さねより》の孫で、四条大納言とも呼ばれた。「和漢朗詠集」「拾遺集」その他、多くの勅撰集の選者で、管絃《かげん》の道にも才能があった。「枕草子」では、もっとも活躍する公達《きんだち》である。「三十六歌仙」も公任の選によるが、ある時具平《ともひら》親王（円融帝の弟、六条宮、後中書王《のちのちゅうしょおう》ともいう）と和歌を論じ、公任が、貫之《つらゆき》こそまことの歌仙、と評したのに対して、親王は、人麻呂には及ばないとゆずらなかった。公任は不快に思ったが、後日、人麻呂と貫之の秀歌を十首ずつ合せた時、七首は人麻呂の勝、三首が貫之の勝になったので、ますます不機嫌になった彼は、自分で三十六人の秀歌をえらび、左右にわけて勝負を定めた、それが「三十六人集」のはじまりであると聞く。

公任、斉信《なりのぶ》、俊賢《としかた》、行成《ゆきなり》は、「四大納言」と呼ばれ、朝廷の重臣であったが、ある日四人で蹴鞠《けまり》の会をした時、鞠が遠くの方へころんで行った。すると公任が、「この鞠を大臣の大将の子ならざらん人とるべし」と命じた。あきらかに行成を軽蔑《けいべつ》していったのである。行成は、「短命こそ口惜しけれ。少将生きたらましかば、三公の位をきらはれざらまし」と口惜しがったという。少将とは、父義孝のことで、三公は三大臣の意味である。貴公子の常として、公任はわがままで、人を人とも思わぬところがあったらしい。だが、そういう性格のお蔭《かげ》で、今私達が「三十六人集」の美しい色紙に堪能《たんのう》し、信実《のぶざね》の歌仙絵を楽しむことが出来るのだから、世の中は不思議なものである。特に百人一首が、それらの影響を受けていることは、改めて指摘するまでもない。

五十六　和泉式部《いずみしきぶ》

あらざらむこの世のほかの想《おも》ひ出に
今ひとたびの逢《あ》ふこともがな

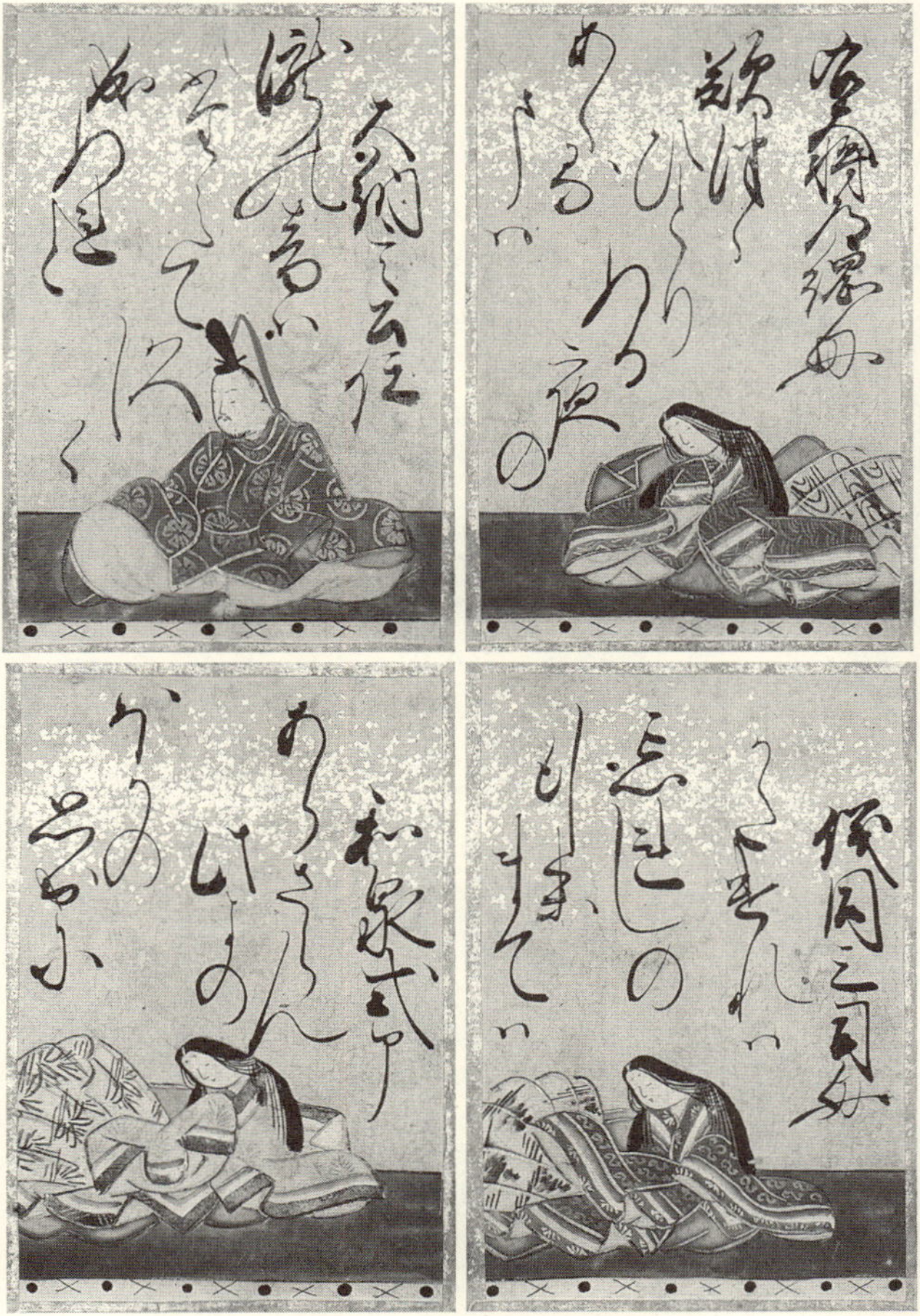

和泉式部は色好みで、奔放な女性として知られているが、このようにしっとりとした歌をみると、一概にそういって片づけられないものがある。これは「後拾遺集」の恋の歌で、「心ちれいならず侍《はべり》ける比《ころ》、人のもとにつかはしける」という詞書《ことばがき》があるが、「人」については色々の説があって定めにくい。

「あらざらむ」（いなくなる、死んでしまう）と謳《うた》い出し、せめてあの世の想い出に、もう一度お目にかかりたいと、むせび泣くように終っているのが美しい。式部にはもっと情熱的な作が多いが、あえてこの歌をえらんだのは、定家の好みを示すとともに、百年の歳月の間に、彼女に対する評価も変っていたに違いない。何といっても、生ま身の人間と、古典と化した作品では、印象が異なるのは当然である。

紫式部は、同輩の女房のことを様々に評した中で、和泉式部について次のように述べている。

和泉式部といふ人こそ、面白う書きかはしける。されど、和泉はけしからぬ方こそあれ、うちとけて文はしり書きたるに、そのかたの才ある人、はかない詞の匂《にほひ》も見え侍るめり。歌はいとをかしきこと。物おぼえ、歌のことわり、まことの歌よみざまにこそ侍らざめれ、口に任せたる事どもに、必ずをかしき一節の目にとまる詠《よ》みそへはべり。それだに人の詠みたらむ歌、難じことわりゐたらむは、いでや、さまで心はえじ。口にいと歌のよまるるなめりとぞ、見えたるすぢに侍るかし。はづかしげの歌詠みやとは、覚え侍らず。（紫式部日記）

現代語に訳すと、文章の陰影を失うので、原文のままにしておくが、何となく奥歯に物がはさまったような言いぶりである。そして最後には、「はづかしげの歌詠みやとは、覚え侍らず」と、あっさり決めつけている。たしかに、口にまかせて詠んだには違いないが、そういう人こそ天性の歌人というべきだろう。少くとも、和歌に関するかぎり、紫式部より、はるかにすぐれていることは、万人の認めるところである。

くらきよりくらき道にぞ入りぬべき
はるかに照らせ山の端《は》の月　（拾遺集）

詞書には、「性空上人《しやうくうしやうにん》のもとにつかはしける　雅致女《まさむねむすめ》式部」としてあり、まだ和泉式部と呼ばれる以前、十六、七歳の頃の作だと思う。書写山の上人に贈ったといっても、仏教的な思想があるわけではないが、早くも人生の暗路《やみじ》に迷う己《おの》が姿におののいている。その後式部は、和泉守 橘 道貞《たちばなのみちさだ》と結婚し、小式部内侍《こしきぶのないし》を生んだ。「和泉」の名はそこから出ているが、夫が赴任した留守に、弾 正 宮為尊《だんじょうのみやためたか》親王と熱烈な恋に落ち、親王が亡《な》くなって間もなく、弟の帥宮敦道《そちのみやあつみち》親王とも関係した。

その間のいきさつは、「和泉式部日記」の中に、美しく哀れに物語られているが、それが原因となって、夫とも離別し、世間からは「けしからぬ方」と誹謗《ひぼう》されるに至った。二人の恋人も、夫も失い、家族にも見離された式部の心は、「くらきよりくらき道」にさまよう思いであったにちがいない。

なき人のくる夜ときけど君もなし
わが住む里や魂《たま》なきの里　（和泉式部集）

すてはてんとおもふさへこそ悲しけれ
君に馴《な》れにし我が身と思へば　（同右）

だが、多情多感な女の過去も、出仕の妨げとはならなかった。寛弘《かんこう》六年（一〇〇九）の春の頃、式部は一条天皇の中宮彰子《しようし》に仕えることになる。それが機縁になって、藤原保昌《やすまさ》の妻となり、丹後《たんご》の国に下向したが、晩年は不幸に終ったらしい。

物思へば沢の蛍もわが身より
あくがれ出《い》づる魂《たま》かとぞ見る　（後拾遺集）

私の好きな歌の一つであるが、これは保昌に捨てられた時、貴船《きふね》の明神《みようじん》に詣《もう》で、御手洗《みたらし》に蛍が飛ぶのを見て、詠んだといわれている。小野小町と並んで、平安時代の女流歌人の双璧《そうへき》とみても異存はあるまい。やがて彼女も伝説上の人物と化し、日本中の至るところに足跡を止《と》どめるようになって行く。それについては、柳田国男氏の和泉式部研究にくわしいが、ここにあげた二、三の歌を見ても、常にあの世とこの世の中間《ちゆうげん》にさまよう女であり、それが夢現《ゆめうつつ》の恋の陶酔と重なって、妖《あや》しい雰囲気をかもし出す。小野小町と和泉式部には、たしかに共通する何かがある。それをかりに巫女《みこ》的な吸引力と名づけてもいいが、その放心的な魅力が男心をとらえ、ひいては民衆に強い印象を与えたのであろう。

五十七　紫式部

めぐり逢《あ》ひて見しやそれともわかぬ間に
雲がくれにし夜半《よは》の月かな

和泉式部から清少納言へ、女の歌人が七人つづいている。前のを入れると九人になり、いかに女房の中にすぐれた歌詠《うたよ》みがいたか想像がつく。その間に、たった一人公任が交っているのも、宮廷での立場が暗示されていて面白い。

この歌は、紫式部が幼な友達と出会って、つもる話がしたいと思っていたのに、あわただしく帰ってしまったことを、雲にかくれた月にたとえた。「新古今集」の詞書《ことばがき》には、「はやくよりわらはともだちに侍《はべ》りける人の、としごろへてゆきあひたる、ほのかにて、七月十日のころ、月にきほひてかへり侍りければ」とある。終りが「月影」となっている場合もあるが、「月かな」の方がおさまりがいいように思われる。

和泉式部と紫式部を対にしたのは妥当であるが、二つの歌に共通するのは、もう一度逢いたいという念願である。そういう風につかず離れずつづいて行くところに、連歌的な興趣が見出《みいだ》せると思う。和泉式部が生粋の歌詠みであるのに対して、紫式部の歌には物語性がふくまれ、詞書によって支えられているのも興味がある。

紫式部は、父は藤原為時《ためとき》といい、右大臣定方の後裔《こうえい》である。藤原宣孝《のぶたか》に嫁《か》し、一女を生んだのが次に出て来る大弐三位《だいにのさんみ》である。定家が意識的に血筋というものを考えたかどうかわからないが、百人一首の並べかたには、明らかにそういうものが現れている。夫の没後、式部は中宮彰子に仕え、「源氏物語」は、その中間に書きはじめたか、宮仕えの後か、はっきりしたことはわかっていない。はじめは父祖の姓をとって、「藤式部」と呼ばれたが、後には紫の上にちなんで、「紫式部」と呼ばれるようになる。また、「源氏物語」を読んでいるのを、一条天皇が聞かれて、「この人は日本紀《にほんぎ》をこそよみ給《たま》へけれ。まことに才《ざえ》あるべし」と賞讃《しょうさん》されてから、「日本紀の局《つぼね》」という綽名《あだな》もついた。「一といふ文字だに書きわたし侍らず」といった式部にとって、学問があると見られることは、耐えられなかったに違いない。が、幼少の折、兄が史記を読んでいるかたわらで、兄よりはるかによく覚えたので、父の為時が、男であったならばと悔んだ話は有名である。「日本紀の局」とつけたのは、左衛門《さえもん》の内侍《ないし》という女房で、つねづね式部のことをあしざまにいっていた。とかく女が大勢集まる所はうるさいものである。式部は、「いとをかしう侍る。この故里《ふるさと》の女の前にてだに、つつみ侍るものを、さる所にて才さがし出で侍らむよ」と、冗談めかしているが、不快なことをかくしてはいない。以上に述べた話は、すべて「紫式部日記」に記してあることで、そういう口の下から、兄よりも利口なので、父に惜しまれた話を書き、またひるがえって、男でも学問を鼻にかける人は、末が悪いといい、「一といふ文字だに書きわたし侍らず」となるのだから、いくら平安朝の文章でも、屈折しすぎている。

日記には、そういう自慢話と卑下する気持が交互に現れるが、式部はどういうつもりでこれを書いたのか、たとえ私的な日記でも、公開される覚悟がなければ残さなかった筈《はず》で、「源氏物語」で我慢した分を、日記に吐き出したかったのではないだろうか。先に記した和泉式部の評でも、後に述べる清少納言についても、彼女の言葉は毒をふくんでいる。若い女房達には甘い紫式部も、ほぼ同時代の二人には辛辣《しんらつ》で、それだけ相手を意識していたともいえよう。彼女の私生活は至って地味なもので、関白道長に言いよられても聞かなかったことは、日記の中にしばしば見えている。道長にかぎらず、およそ艶《なま》めかしいこととは縁が遠かった人物で、そういう生活の中から、光源氏を創造し、六条御息所《ろくじようのみやすんどころ》の怨霊《おんりよう》まで生むに至ったのは、思えば恐しいことである。毒というなら、日記に吐き出されたそれよりも、御息所の生霊《いきりよう》に、式部の思いは凝結されているのではないか。その悽惨《せいさん》な美しさに比べたら、「めぐり逢ひて」の歌など物の数ではない。

五十八　大弐三位《だいにのさんみ》

ありま山いなの篠原《ささはら》風吹けば
いでそよ人を忘れやはする

紫式部と、藤原宣孝の間に生れた女である。名を賢子《かたこ》といい、母親とともに中宮彰子に仕えたが、後に大宰大弐《だざいのだいに》高階成章《たかしなのなりあき》と結婚し、後冷泉天皇の乳母《めのと》に召され、三位を賜わったので、「大弐三位」とも、「藤三位」とも呼ばれた。「狭衣《さごろも》物語」の作者ともいうが、それは誤りであるらしい。「後拾遺集」その他に、多くの歌が入っており、歌人として名高かったようである。

この歌も、「後拾遺集」恋の部に、「かれがれなる男のおぼつかなくなどいひたるによめる」という詞書《ことばがき》のもとに、疎遠《そえん》になった男から、自分のことは棚にあげて、三位の心を疑って来たので、ややからかい気味に詠《よ》んだのである。したがって、深い情趣は感じられないが、笹原《ささはら》の上を吹きすぎる風のような調べに、男心の頼りがたさをひびかせ、そちらはともかく、私の心は変らないと、軽く言い流している。上の句は、「いでそよ」という為《ため》の序詞にすぎず、「いな」には、否をかけている。平安朝の恋のやりとりが、どんなに洒落《しやれ》たものであったか、想像するにふさわしい作である。

有馬山は、摂津《せつつ》の有馬温泉のあたりで、三田《さんだ》の花山院にそびえる神山ではないかと思っている。これを一名「有馬富士」ともいう。いなの篠原は、猪名川《いながわ》付近の笹原をいうが、三田は米所で聞えたところで、有馬山の麓《ふもと》の田圃《たんぼ》という程の意味であろう。

しなが鳥猪名野《いなの》を来れば有間山
夕霧立ちぬ宿《やどり》は無くて　(万葉集)

この歌から類推しても、猪名野は稲野をいったと思われる。長い年月の間に、有馬山の猪名野は「歌枕《うたまくら》」となって、後世に伝わった。今もそのあたりを歩くと、稲田がつづき、その上を渡るそよ風が心地よい。

五十九　赤染衛門《あかぞめえもん》

やすらはで寝なましものを小夜《さよ》ふけて
かたぶくまでの月を見しかな

（男が来ないとわかっていたら）ためらわずに寝てしまったであろうに、夜が更《ふ》けて、月がかたむくまで待っていたという歌で、おだやかな調べの中に、妖艶《ようえん》な恨みを籠《こ》めている。「あらはにその人を待つとはいはで、月など見てやすらひゐたるさま哀れに聞ゆ」という「拾穂抄」の評は当を得ていると思う。

「後拾遺集」には、「中関白少将に侍《はべり》ける時はらからなる人に物いひわたり侍けり。たのめてこざりけるつとめて、女にかはりてよめる」という詞書《ことばがき》があり、中の関白道《みち》隆《たか》が、未《ま》だ蔵人《くろうど》の少将であった時、赤染衛門の姉妹のもとに通っていた。ある夜、約束したのに来なかったので、その女にかわって詠《よ》んだと記してある。

赤染衛門は、和泉式部と並び称される歌人であったが、伝記は不明な点が多い。一説には、平兼盛《かねもり》の子ともいわれ、母が懐妊中、赤染時用《ときもち》に嫁《か》して生んだとも伝える。

関白道長の夫人、倫子《りんし》に仕え、中宮彰子《しようし》のもとへも出入りしていたが、後に大江匡衡《おおえのまさひら》の妻となった。「紫式部日記」に、「匡衡衛門」として出て来るのは、この人のことであろう。

丹波《たんば》の守《かみ》の北の方をば、宮、殿などのわたりには、匡衡衛門とぞいひ侍る。ことにやむごとなきほどならねど、まことにゆゑゆゑしく、歌よみとて、よろづのことにつけてよみちらさねど、聞こえたるかぎりは、はかなきをりふしのことも、それこそ恥づかしき口つきに侍れ。

和泉式部を「はづかしげの歌詠みやとは、覚え侍らず」といったすぐその次に出て来るので、赤染衛門を正反対の人物と考えていたことがわかる。さして気品が高いというのではないが、まことに心の深い人で、歌人だからといって、やたらに詠みちらさず、ちょっとしたことでも、「それこそ恥づかしき口つきに侍れ」と、対照的に褒めあげている。たしなみのある女性であったに違いない。

藤原公任《きんとう》は、根がわがままな公達《きんだち》であったから、思いどおりに昇進することが出来ないので、中納言を辞退しようと決心したことがある。その時、表文（辞表）を作ることを、学者達に命じたが、気に入らないので、大江匡衡に依頼した。匡衡はよんどころなく承知して家へ帰ったが、浮かぬ顔をしているので、赤染衛門がたずねると、ことの次第を物語り、名のある学者の文章でもお気に召さないのだから、自分に書けるわけがないという。妻はしばらく考えた末、公任は生れつき自尊心の強い男だから、先祖の功績を縷々《るる》と述べて、昇進が遅いことの不満を書けば、得心が行くであろうと進言した。そこで匡衡は、「臣（公任）は五代の太政大臣の嫡男《ちやくなん》なり」から始めて、代々の祖先に比して、自分の不遇であることを訴えつづけたので、公任はいたく感じ入ったという。内助の功を絵にかいたような逸話で、「匡衡衛門」と呼ばれたのも、からかい半分の綽名《あだな》であったかも知れない。

赤染衛門は、「栄華物語」の著者として有名である。が、それが事実としても、正篇だけに違いない。この物語は、堀河天皇の寛治《かんじ》六年（一〇九二）に終っているので、後の部分は他の人が書き足したと推定されている。「しのぶれど色に出《いで》にけり」という名歌を詠んだ兼盛を実父とし、代々学問をもって聞えた大江氏の妻であってみれば、才能にも資料にも事欠かなかったであろう。そういうことを想像しつつ、「やすらはないで」の歌を吟じてみる時、平安朝の女性の中で、ことさら傑出しているわけではないが、自分の才能と生活を大切にして、生涯を送った幸福な人間が浮んで来る。たとえ代詠であろうと、この歌に感じられるしっとりした情趣は、彼女自身のものであったに相違ない。

六十　小式部内侍《こしきぶのないし》

大江山《おほえやま》いくのの道の遠ければ
まだふみもみず天の橋立《はしだて》

母親の和泉《いずみ》式部の名をとって、女房名を「小式部」といった。姿かたちがすぐれ、歌も上手だったので、宮廷の人気者であった。そういう人の常として、嫉《ねた》まれていたのであろう、未《ま》だ若いのに歌が上手なのは、母親の代作ではないかと疑われ、「大江山」の歌を詠《よ》んだのはあまりにも有名である。「金葉集」には、その間の事情がくわしく述べてあり、長い詞書《ことばがき》がついている。

和泉式部保昌《やすまさ》に具《ぐ》して丹後に侍《はべり》ける比《ころ》、宮古《みやこ》に歌合《うたあはせ》侍りけるに、小式部内侍歌よみにとられて侍けるを、定頼卿《さだよりきやう》つぼねのかたにまうできて、歌はいかがせさせ給《たま》

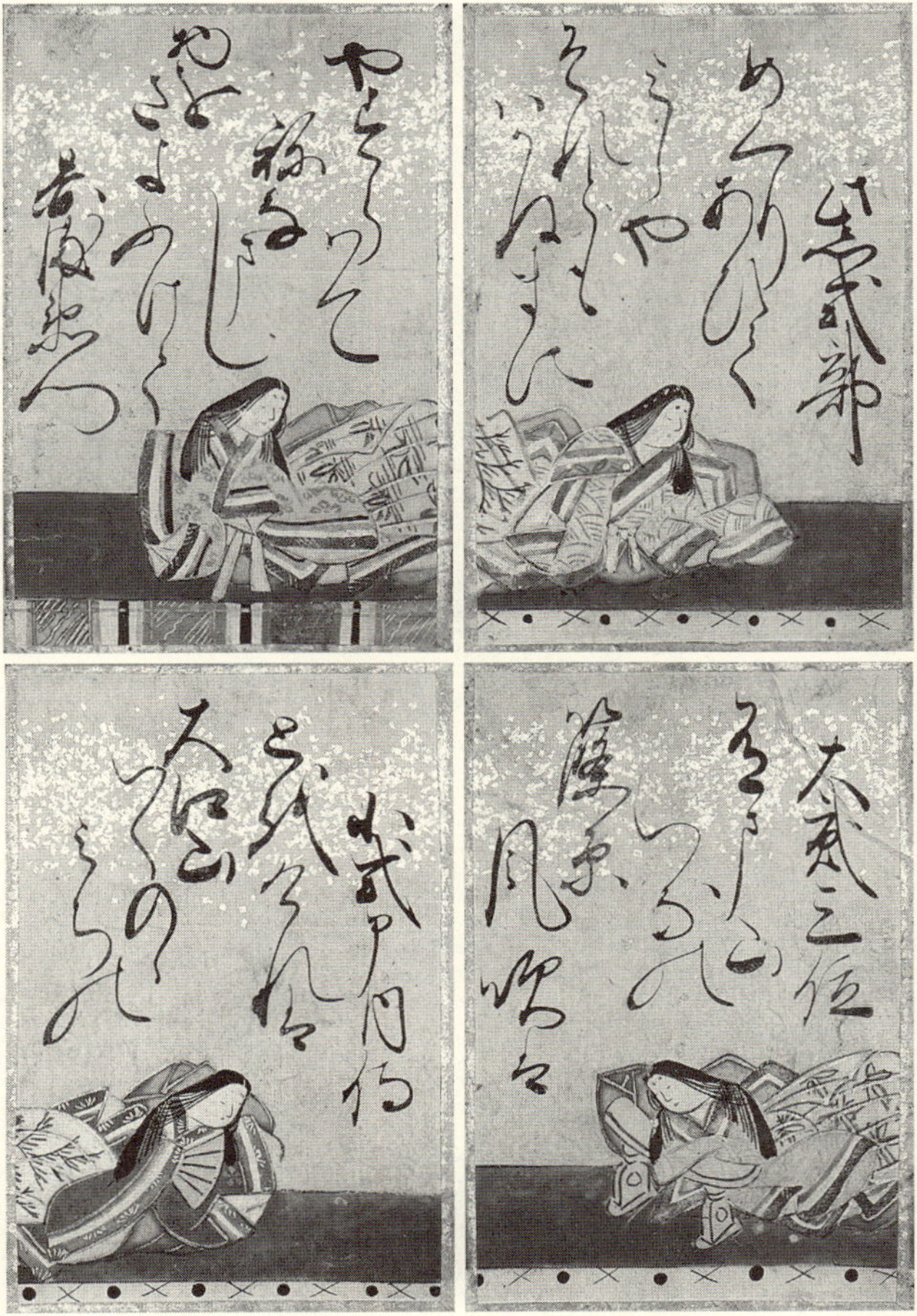

ふ、丹後へ人はつかはしけむや、つかひはまうでこずや、いかに心もとなくおぼすらむなどたはぶれて立けるを、ひきとどめてよめる

という言葉からも、別に悪気ではなく、若い内侍をからかっていったことがわかる。即興の歌なので、深い意味はないが、「口とく詠む」ことは、重要な才能の一つで、当時の人々がどんなに讃嘆《さんたん》したことか。ついには伝説と化して後世に伝わったのも、当然のことと思われる。

大江山は、丹後・丹波の境にある山で、酒呑童子《しゆてんどうじ》の伝説で知られている。「いくの」は、都から丹後へ向う途中の生野で、行くにかけ、「まだふみもみず」に文も見ずをかけて詠んだ。もし詞書のとおりなら、畏《おそ》るべき少女というべきだろう。が、話がうまく出来すぎている嫌いがないでもない。おそらく似たような事実が背後にあって、右のような逸話に発展して行ったに違いない。そういうことにかけて昔の人々は天才的な才能の持主で、ついに小式部は和歌の力によって、憑《つ》きものまで退散させたという話が付加されるに至るが、伝説の衣をはぎとってみた所で、少し生意気な少女の形《けい》骸《がい》が残るだけだろう。小式部にかぎらず、才人佳人を多くの伝説で飾りたてたのは、他ならぬ彼等への愛情であり、少しでも長く生かしておきたいという願望の現れであ

った。

小式部内侍は、その後関白教通《のりみち》の寵《ちょう》をうけ、中宮彰子に仕えていたが、二十五、六歳の時に病を得て亡《な》くなった。母親の嘆きはいうも哀れで、このような歌を残している。

もろともに苔《こけ》の下には朽ちずして
うづもれぬ名を見るぞ悲しき　　和泉式部

六十一　伊勢大輔《いせのたいふ》

古《いにし》への奈良の都の八重桜
けふ九重ににほひぬるかな

「みかきもり衛士《ゑじ》のたく火」と詠《よ》んだ大中臣能宣《おおなかとみのよしのぶ》の孫である。伝統的な和歌の家に生れ、中宮彰子に仕えて、多くの秀歌を遺《のこ》した。この歌も即興的に詠んだもので、爛《らん》漫《まん》と咲き乱れる花の香りに、平安朝の気分が横溢《おういつ》している。

「詞花集」の詞書《ことばがき》には、「一条院御時《おほんとき》、ならの八重桜を人の奉《たてまつ》りけるを、そのをり御前に侍《はべ》りければ、その花を題にて歌よめとおほせごと有《あり》ければ」としてあり、「伊勢大輔集」には、更にくわしく記してある。それによると、上東門院《じょうとうもんいん》がまだ中宮でいられた頃、奈良から八重桜がとどき、そこに居合せた紫式部が、取りつぐ役目を新参者の大輔にゆずった。関白道長がそれを聞いて、黙って受けとるものではないといわれたので、即座に詠んだと伝えている。「八重桜」に「九重」（宮中）を重ねた当座の奇《き》智《ち》を、賞讃《しょうさん》せぬものはなかったという。歌の調べにも、若々しい心の華やぎが現れており、晴れの場所で面目をほどこした人の喜びに満ちている。

その後、伊勢大輔は、高階成順《たかしなのなりのぶ》と結婚し、七十何歳まで生きのびた。同じように当意即妙の歌を詠んでも、短命であった小式部に比して、大輔の歌には、思いなしかおおらかな感じがある。「奈良の八重桜」は、今も東大寺の知足院にあり、ふつうの桜より花弁が大きく、豊かに重なり合っていて、いかにもこの歌の姿によく調和している。先年、伊賀へ行った時、花垣とかいう村で、その八重桜を育てていると聞いたが、ひまがなくて見ずに帰ったのは残念である。奈良の八重桜は、はじめここから移植されたといい、その伝統が今の世まで保たれているのは、驚くべきことだと思う。

六十二 清少納言

夜をこめて鳥の空音《そらね》ははかるとも
よに逢坂《あふさか》の関はゆるさじ

前の六人が、すべて上東門院の女房であるのに対して、清少納言は中宮定子《ていし》に仕えたので、最後においたのであろう。時代は清少納言の方が少し前で、年も上であったと思われる。

清原深養父《ふかやぶ》の曾孫《そうそん》であり、元輔《もとすけ》の子であるところから、父祖の名をとって清少納言と呼ばれた。この歌は、「後拾遺集」からひいてあるが、長い詞書《ことばがき》をともなっている。

大納言行成《ゆきなり》物語などし侍《はべり》けるに、内の御物忌《おんものいみ》にこもればとて、いそぎ帰《かへり》てつとめて、鳥のこゑにもよほされてといひおこせて侍ければ、夜ふかかりける鳥のこゑは函谷関《かんこくくわん》のことにやといひつかはしたりけるを、立ちかへりこれは相坂《あふさか》の関に侍《はべる》とあれば、よみ侍りける。

清少納言は、歌人というより、散文に巧みだったので、物語の形になったのも止《や》むを得まい。この詞書だけでは、わかりにくいので、「枕草子」からひくことにするが、その前に、藤原行成とは無二の親友で、常に冗談をいい合っていたことを、知っておいた方がいい。

その行成が蔵人頭《くろうどのとう》であった頃、中宮定子の御座所《おましどころ》で、夜が更《ふ》けるまで女房達と雑談をしていた。明日は宮中の物忌《ものいみ》に籠《こも》るからといって、一時頃に退出したが、翌朝早く文をよこした。――昨夜はお名残おしかった。夜を徹して昔話がしたかったのに、「にはとりの声に催されてなん」と、美しくしたためてある。

そこで清少納言は、「いと夜ふかく侍りける鶏の声は、孟嘗君《まうしやうくん》のにや」と、返事をした。孟嘗君が、鶏の声を真似《まね》て、函谷関から脱出した中国の故事にたとえたのである。すると、また折返し行成から文が来た。――孟嘗君の鶏は、中国の話だが、「これは逢坂の関なり」と。で、清少納言は、にせの鶏声でだまそうとしても、そうたやすくは許しませんよと、やり返したのがこの歌である。「逢坂」に逢うをかけ、「関」が越えがたい男女の仲を意味したことはいうまでもない。

この話が有名になって、喝采《かつさい》されるままにその後も行成と奇智《きち》の火花を散らしたが、そういう所が紫式部には気に入らなかったのであろう。「清少納言こそしたり顔にいみじう侍ける人、さばかり賢《さか》しだち、真名《まな》書きちらして侍るほども、よく見れば、またいと堪へぬこと多かり」（紫式部日記）と、きびしく批判している。たしかに「枕草子」には、つまらぬ自慢話や噂話《うわさばなし》がたくさん出て来るが、もし清少納言がそれだけの人間であったなら、「枕草子」という古典が今まで残ったであろうか。

藤原道隆《みちたか》の息女、定子が中宮になったのは、正暦《しょうりゃく》元年（九九〇）のことで、それから五年後に道隆は亡《な》くなり、弟の道長が関白になると、定子の身辺は一夜にして暗黒の巷《ちまた》と化す。兄の伊周《これちか》は太宰府《だざいふ》へ左遷され、道長の長女彰子が入内《じゅだい》して、中宮定子は尼になる。清少納言はそれをつぶさに見ていた筈《はず》だのに、没落して行く一族については、ひと言もふれてはいない。そういう意味で、「枕草子」は宮廷生活の記録というよりも、一種の回想録と見るべきだろう。清少納言はそういう形で、華やかであった中宮定子の姿を後世に伝えたかった。自分の自慢話も、自己顕示欲も、後宮の生活を浮き立たせる役目しかしていず、その中心に立つ定子を、この世のものならぬ美の象徴に昇華させている。「枕草子」を読み終えて残るものは、中宮定子の美しい容姿と、優しい思いやりだけで、著者の「したり顔」も「賢しだち」たる表情も、すべてその中に吸収されている。

行成は和歌こそ詠まなかったが、当代一の「手書き」で、百人一首のいわば裏方として、所々に姿をのぞかしている。実方《さねかた》や公任とはちがって、実直な人間だったので、宮廷では重く用いられた。女房の間では煙たく思われていたらしいが、清少納言とのやりとりを見ても、真面目《まじめ》一方の朴念仁《ぼくねんじん》ではない。他の女房には見向きもせず、彼女だけに心を許したのは、中宮定子の唯一《ゆいいつ》の友として、その後宮を支えている姿に感じたのではないだろうか。

六十三　左京大夫道雅《みちまさ》

今はただ思ひ絶えなんとばかりを
人づてならでいふよしもがな

道雅は、中宮定子の甥《おい》で、藤原伊周の長子である。幼名を松君といい、祖父道隆には非常に愛され、世の覚えもめでたかったが、一族が没落した後は不遇に終った。

この歌にも哀れな物語がある。三条天皇の皇女、当子内親王は伊勢の斎宮であったが、天皇の譲位とともに解任され、「前斎宮《さきのさいぐう》」と呼ばれていた。寛仁《かんにん》元年（一〇一七）

の頃、伊勢から都に帰り、知人の家に仮寓《かぐう》されている間に、ふとしたことで道雅と知り合うようになった。もう斎宮ではなかったから、さし支えないようなものの、その噂《うわさ》が広まって、三条院は大そう嘆かれ、今の言葉でいえば勘当の身となった。どこかに軟禁されたのであろう、若い内親王は生きる心地もなく、涙にくれるばかりであったが、道雅もおとずれるすべがなく、思いあまってひそかに文を書いて送った。「栄華物語」には、「風につけたりけるにや、かくて参らせたりける」と記してあり、姫宮の在《おわ》す所の高欄に、歌を結びつけたこともあったという。とこうする中《うち》、内親王は堪えられなくなり、手ずから髪をおろして尼になられた。かねてから病がちでいられた三条院は、この事件のために御悩《ごのう》が重くなり、落飾された後、その年の五月に崩御になった。

「後拾遺集」の詞書《ことばがき》には、「伊勢の斎宮わたりよりまかり上《のぼり》て侍《はべり》ける人に、忍びてかよひけることを、おほやけもきこしめして、まもりなどつけさせ給《たまひ》て、忍《しのび》にもかよはず成《なり》にければ、よみ侍りける　左京大夫道雅」とし、「今はただ」の歌をあげている。「後拾遺集」には、道雅の歌が五首入っているが、いずれも前斎宮に対して、切々たる思いを訴えたものばかりである。この歌は決して上手とはいえないし、道雅も歌詠《うたよ》みとして有名ではなかったが、人は恋をする時、そしてその恋が成就《じょうじゅ》しない時、血を吐くような思いを詠むことが出来るのであろう。

「栄華物語」も指摘しているように、道雅には業平《なりひら》の面影がある。というのは、業平も伊勢の斎宮と密通し、一夜の契《ちぎ》りで斎宮は妊娠して、悲惨な結果に至ったからである。「伊勢物語」のその条《くだり》は、夢のように美しく描かれているが、人目が多くて二度と会えずに帰る翌朝、斎宮の方から杯のおもてにこう書いて来た。

かち人の渡れど濡《ぬ》れぬえにしあれば

とだけあって、末はない。で、業平はかたわらの消炭《けしずみ》をとって、下の句をつけた。

また逢坂《あふさか》の関は越えなむ

道雅がこの歌を意識したかどうかわからないが、「後拾遺集」の五首のうちには、左のような歌も入っている。

逢坂はあづま路とこそ聞きしかど

心つくしの関にぞありける

定家はそういうことをすべて承知の上で、「今はただ」の歌をえらんだのであろう。業平と斎宮のやりとりには、連歌の原型のようなものが現れているが、清少納言と道雅の間にも、中宮定子が介在するだけでなく、「逢坂の関」を媒介にして、連歌的なつながりがあるように思う。が、それは当時の教養人にとっては当り前なことで、わざわざ指摘するのは野暮なことかも知れない。

六十四　権中納言定頼《ごんちゅうなごんさだより》

朝ぼらけ宇治《うぢ》の川霧《かはぎり》たえだえに
あらはれわたる瀬々《せぜ》の網代木《あじろぎ》

定頼（九九五―一〇四五）は、大納言公任《きんとう》の子で、小式部内侍《こしきぶのないし》の「大江山」の歌の詞書《ことばがき》に、「定頼卿《きよう》」とあるのはこの人であろう。「千載集」冬の部に、「宇治にまかりて侍《はべり》けるときよめる」という詞書があり、宇治は平安時代に貴族の別荘があった所だから、定頼もしばしばおとずれたに違いない。「源氏物語」宇治十帖《うじじゆうじよう》を想《おも》わせるような風景で、今でも宇治川のほとりは霧が多く、冬の明け方や雨の夕暮には、このとおりの景色を見ることがある。

「朝ぼらけ　宇治の川霧　たえだえに」と、霧が晴れて行く様をとぎれとぎれに詠《よ》み、下の句で、爽《さわ》やかな朝がおとずれる。風景の変化と、歌の詞が、一体となっているのが美しく、作者の姿も朝霧の中にかくれてしまう。かるたを取っていた頃は、それ程に思わなかったが、こうして味わってみると、ひときわ優れた歌であると思う。

定頼は和歌だけでなく、書もよくしたと聞く。が、小式部内侍をからかったのでもわかるとおり、父親の公任に似て、いくらか軽率なところがあったらしい。春日《かすが》神社へ行幸があった時、行事の役目を仰《おお》せつかったが、定頼の従者が敦明《あつあきら》親王のお供と喧《けん》嘩《か》したのを怒って、親王の家臣を打擲《ちようちやく》して問題を起したり、関白頼通《よりみち》の仰《おお》せと偽わって、他人を嘲罵《ちようば》したこともある。そういう事が度重なって、定頼は才能があって賢いけれども、怠慢にすぎるといい、頼通は重く用いなかった。そういうことを知るにつけても、欠点のある人物の方が、美しい歌を残しているのは面白いことである。定家も定頼の歌を高く評価していたようで、「権中納言定頼集」を自筆で書いて遺《のこ》している。

六十五　相模《さがみ》

恨みわびほさぬ袖《そで》だにあるものを
恋に朽ちなん名こそ惜しけれ

相模も小式部内侍や大弐三位《だいにのさんみ》とともに、権中納言定頼とは親しい仲であった。源頼光の養女になり、相模守公資《さがみのかみきんすけ》と結婚したので、女房名を「相模」と呼ばれた。夫と死別れた後は、一品宮脩子《いっぽんのみやしゅうし》内親王に仕え、和歌の上手として知られている。この歌は、「後拾遺集」に、「永承《えいしょう》六年内裏歌合に」とのみ記し、題詠の歌であるが、切実な体験を詠《よ》んだものであることは疑えない。

女の恋心を、涙に乾くまもない袖によせて詠んでいるが、技巧的な歌なので、古来さまざまの説があった。その一つは、涙にぬれた袖は朽ちやすいものだのに、その上恋のために浮名を流しては、わが名も朽ちるであろうという意味と、袖さえ朽ちずに残っているのに、わが名は朽ちてしまうと悲しんだのと、両方に解釈される。が、そうわり切ってしまわずに、男を恨み、浮名の流れることを、涙に袖がかわく間もなく、悲しんでいると解した方が余情がある。日本語の常として、はっきりした掛詞《かけことば》だけではなく、全体の意味の上でも、両方にかけていうことはある。現代語に訳すと、そういう情緒を失うので、歌の中から自然に語りかけてくる言葉を待つべきだと思う。

当時の宮中の歌合は、豪華な催しだったらしく、「栄華物語」根あはせの巻に一部始終が語られている。以下に引用するのは、「栄華物語」、永承四年十一月九日の内裏歌合の記録であるが、左右に殿上人《てんじようびと》が居並び、文台はかね（金）の洲浜《すはま》に、かねの五葉松を立て、同じくかねを様々に彩色した蔦《つた》が美しくからんでいる。その他、錦《にしき》をはった冊子、銀線を結んで、宝石をちりばめた表紙、銀の透し彫の硯箱《すずりばこ》に、瑠璃《るり》の水滴など、それぞれに贅《ぜい》をつくしたことが記してある。歌合は、簡単にいえば、万葉の歌垣から発展したものだろうが、宮中の行事になってからは、単に歌を競うだけではなく、晴れの社交場として、道具や衣装にも粋を凝らした。今の私共には想像もつかない豪華さで、和歌というものが極度に発達したのは、そのような舞台を持っていたために他ならない。別の言葉でいえば、生活全体が芸術であったので、そこには将来茶道に発展して行く萌芽《ほうが》ともいうべきものが見出《みいだ》される。

六十六　大僧正行尊《ぎょうそん》

もろともに哀《あはれ》と思へ山桜
花よりほかに知る人もなし

「大みねにて思ひかけず桜のはなをみてよめる」という「金葉集」の詞書《ことばがき》は、この歌を詠《よ》んだ時の心境を如実《によじつ》に語っている。

大僧正行尊（一〇五五―一一三五）は、小一条院敦明親王の孫で、十二歳の時園《おん》城寺《じょうじ》（三井寺）に入って出家した。十七歳になった時、ひそかに寺を出て、名山霊域を跋渉《ばっしょう》し、一介の修験者となって修行をした。西国巡礼の霊場も、行尊によって形式が定まったといわれている。修験道の行者は、身心の病を癒《いや》すことを第一としたから、その功績によって、崇《す》徳《とく》天皇の保安《ほうあん》四年（一一二三）延暦寺《えんりやくじ》の座主《ざす》に任ぜられた。

この歌は、大峰山で修行をしていた時、深山幽谷の中で、思いもかけず桜の花が咲いているのを見て、人知れず美しく咲いている花に、己《おの》が身をたとえたのであろう。その瞬間の驚きと共感が率直に表現されている。

行尊のような修行者でなくても、山奥で桜の花が爛漫《らんまん》と咲き乱れているのを見る時、不思議な感動におそわれるものだが、詞書の「思ひかけず」が問題となり、季節はずれの花だとか、常磐木《ときわぎ》の緑の中に見出《みいだ》したとか、色々の説があるのは、考えすぎというものだろう。それより行尊が苦しい山岳修行の途上、半ば夢現《ゆめうつつ》の境にこの世のものならぬ花を見て、仏に会ったような衝撃を受けた。私はそんな風に解したい。

この歌を本歌として、栂尾《とがのお》の明恵上人《みようえしようにん》は、左のように詠んだ。

モロトモニアハレトヲボセミ仏ヨ
キミヨリホカニシル人モナシ

「仏眼仏母」という絵画の上に、自筆でそう記している。明恵上人にはいい歌があるが、とりたてて歌人というわけではなく、この歌も本歌取りを意識したとは考えられない。同じ修行者という立場から、行尊の「思ひかけず」見た花が、何を意味したか、敏感に感じとっていたように思われる。

六十七　周防内侍《すおうのないし》

春の夜の夢ばかりなる手枕《たまくら》に
かひなくたたむ名こそ惜しけれ

行尊の桜の花をうけて、春の歌がつづく。が、同じ春でも、これは短か夜の夢に見た幻のような歌である。「千載集」には、「二月ばかりの月あかきよ、二条院に人々あまたゐあかして、物語などし侍《はべり》けるに、内侍周防より、ふして枕をがなと、しのびやかにいふをききて、大納言忠家、これを枕にとて、かひなをみすの下よりさし入れて侍ければ、読侍《よみはべり》ける」という詞書《ことばがき》があり、大そう艶《なま》めかしい場面である。「千載集」には、この後につづいて、大納言忠家の返歌がある。

契《ちぎり》ありて春の夜深き手枕《たまくら》を
いかがかひなき夢になすべき

ちょっとした言葉尻《ことばじり》をとらえて、御簾《みす》の下から腕《かいな》をさし入れ、気をひいて来たので、内侍が即興的に詠《よ》んだのであるが、「かひなをさし入れる」、「かひなを交す」という言葉が、既に寝ることをさしており、忠家の返歌は、それを「かひなき夢」にかけて詠んだのである。勿論《もちろん》、それで二人の間に何が起ったというのでもない。とっさの間に口とく詠んだ才智《さいち》が、周囲の人々に賞讃《しようさん》されたにすぎないが、遊び好きな宮廷人の生活が現れていて面白い。

周防の内侍は、周防守平棟仲《たいらのむねなか》の女《むすめ》で、後冷泉《ごれいぜい》天皇に仕えた後、白河、堀河両天皇の宮廷にも伺候《しこう》した。またこの時の相手の忠家は、藤原俊成《としなり》の祖父で、定家には曾祖《そうそ》父《ふ》に当る。内侍はすぐれた歌詠みとして知られていたが、長い間住みなれた家を離れて他へ移った時、このような歌を柱に書きつけたという。

住みなれて我さへ軒の忍草《しのぶぐさ》
忍ぶかたがた多き宿かな　（金葉集）

鴨長明《かものちようめい》の「無名抄《むみようしよう》」に、その家は冷泉と堀河の西の隅にあると記してあり、西行もそこを訪ねたことが、「山家集《さんかしゆう》」に見えている。

周防内侍の、われさへ軒の、と書きつけける古里にて、人々思《おもひ》をのべける

いにしへはついゐし宿もある物を
何をか今日のしるしにはせん

「ついゐし」は、ちょっとの間住んでいた家の意で、そういう家も残っているというのに、今日は何を思い出のしるしとしたらいいのかと、わが身にひきかえて詠んだのである。内侍が柱に書きつけた歌は、建久《けんきゅう》の頃まで残っていたようで、藤原信実《のぶざね》も友人とともに、朽ちはてた家をおとずれ、友人がこのような歌を残している。

これやこの昔の跡と思ふにも
忍ぶあはれの絶えぬ宿かな

定家もその頃には活躍していたから、朽ちた柱に残る筆の跡を思い浮べつつ、「春の夜の夢」の歌をえらんだのであろう。曾祖父の忠家が相手であったことも、当時の人々には、特別な興味を与えたと想像される。

六十八　三条院

心にもあらで憂世《うきよ》にながらへば
恋しかるべき夜半《よは》の月かな

春の夜の夢は、冷たい冬の月光に破られる。「心にもあらで憂世にながらへば」が、天皇の御製であるだけに凄《すさ》まじく聞える。自分の意志にさからって、この世に長らえていたならば、今宵の美しい月が、きっと懐《なつか》しく思われるに違いないという歌で、いわば一期《いちご》一会《いちえ》の月を詠じたとみていい。「後拾遺集」の詞書《ことばがき》には、「例ならずおはしまして、位などさらむとおぼしめしける比《ころ》、月のあかかりけるを御覧じて　三条院御製」としてあり、その間の事情は「栄華物語」にくわしく語られている。

三条院は、冷泉天皇の第二皇子で、寛和《かんな》二年（九八六）に皇太子に立ってから、二十五年間も位に即《つ》くことが出来なかった。時は関白道長の天下であり、ことごとに圧迫されただけでなく、在位中に御所が二度も焼けるという不祥事が起った。その上天皇は御目が悪く、宮中に奉仕する僧、桓算供奉《かんさんぐぶ》が天狗《てんぐ》になって、祟《たた》りをなすと噂《うわさ》されていた。そういうことが重なって、病がちになられ、次第に退位を考えられるようになって行く。師走《しわす》十日すぎの月があかあかと照っていた夜、清涼殿の藤壺《ふじつぼ》で、中宮妍《けん》子《し》（道長の女《むすめ》）に向って、しみじみと述懐されたのがこの御歌である。翌長和《ちょうわ》五年正月に譲位、先に記した当子内親王と道雅《みちまさ》の事件などもあって、失意の中に翌年の五月、崩御になった。在位わずかに五年、絶望と恐怖にみちたお気の毒な一生であった。そういう悲劇的な天皇を胸にえがきつつ、「心にもあらで憂世にながらへば」と口ずさんでみる時、うわべは淡々とした御製が、どんなに多くのことを訴えているか、その御心のうちは、師走の月の如《ごと》く寒々としたものであったにちがいない。

六十九　能因法師

嵐《あらし》ふく三室《みむろ》の山のもみぢ葉は
竜田の川の錦《にしき》なりけり

時代は降《くだ》って、後冷泉天皇の永承《えいしよう》四年（一〇四九）、宮中で歌合が催された。しば

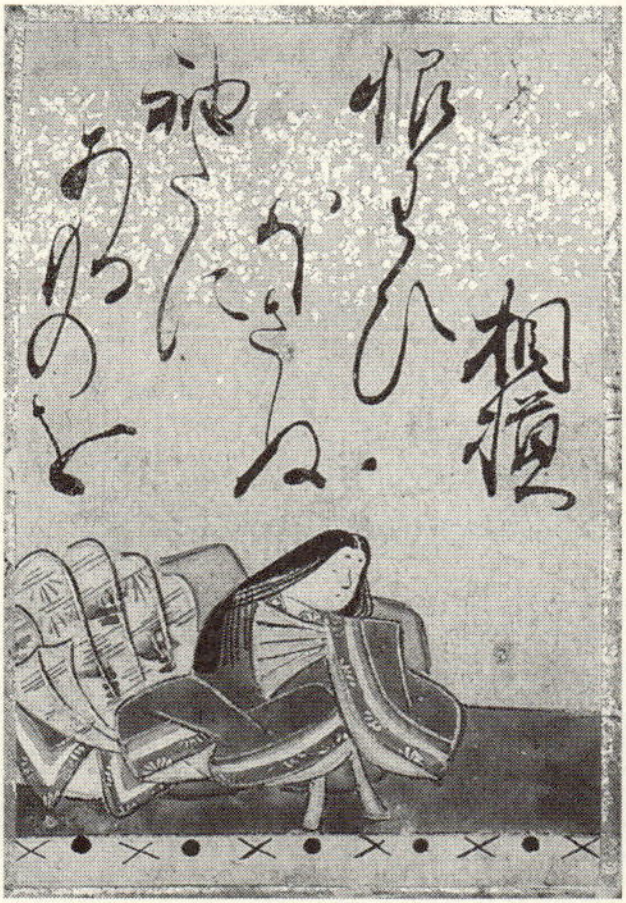
相模

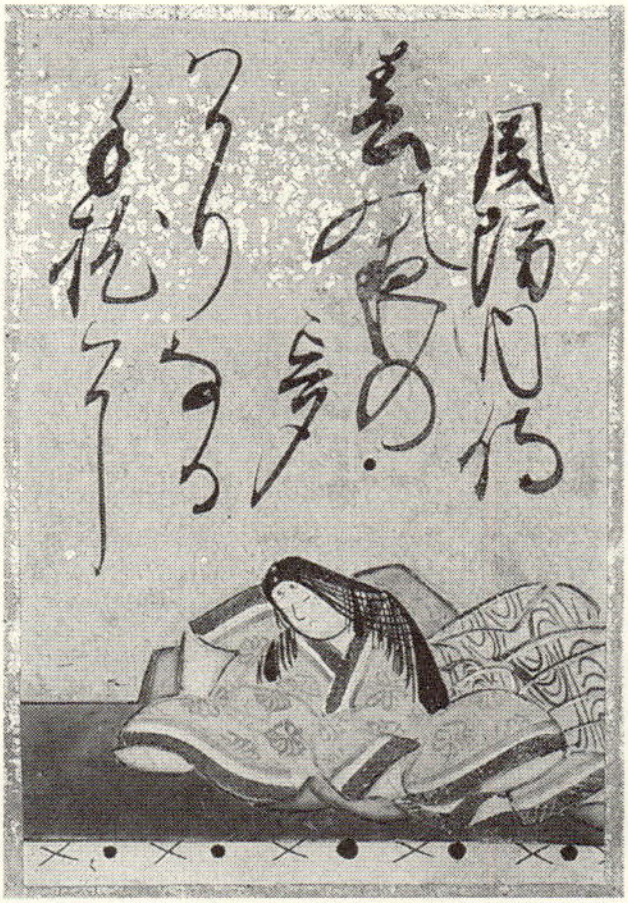
周防内侍

大僧正行尊

三条院

らく途絶えていた歌合が行われるというので、宮廷はその噂《うわさ》で持ち切っていた。その頃、能因法師は一流の歌人として認められており、侍従祐家《すけいえ》と合せられて、「竜田川のもみぢ」を詠《よ》んで、勝《かち》と判定された。「今鏡」は、能因法師のことを、「このみちの好きもの時にあひて侍《はべ》り。たつたの川のにしきなりけりといふ歌も、此《こ》のたびよみて侍るぞかし」と特筆しているが、よほど評判になったものに違いない。

「古今集」以来の歌枕《うたまくら》をふまえて、何の感興もなく詠みくだしたこの歌の、どこがそんなに美しいのか、現代の我々には理解しかねる。同じ竜田川のもみじを詠んでも、在原業平《ありわらのなりひら》の「からくれなゐに水くくるとは」の方が、技巧的なだけでも取得があると思う。まして定家の好みに合ったとは信じにくい。前に私は百人一首の大衆性ということをいったが、能因法師の名声と、歌合で評判をとったことが、一般に受けると思われたのであろうか。能因法師は、当代一の歌人、藤原長能《ながよし》の弟子であった。和歌を人に師事する習慣は、これまでなかったことで、専門歌人と師弟の契《ちぎ》りを結んだということも、定家にとっては重要な理由であったかも知れない。

彼は橘諸兄《たちばなのもろえ》の末裔《まつえい》で、二十六歳の時に出家して、摂津《せっつ》の古曾部《こそべ》に住んでいたので、「古曾部の入道」ともいわれた。生来和歌を好み、漂泊の旅に一生を送った趣味人で、逸話の多い人物である。その一つに、

都をば霞《かすみ》とともに立ちしかど
秋風ぞ吹く白河の関

という歌を得、ことの外《ほか》気に入ったので、ただ発表したのではつまらないと思い、長い間家にかくれていて、真黒に日焼けした後、陸奥《みちのく》へ行脚《あんぎゃ》に出て詠んだと披露した話は有名である。歌枕を詠んだのは、彼だけとは限らないが、歌枕の流行に拍車をかけたのは確かである。

三室の山も、竜田川も、旅行の途上見たには違いないが、ここでは歌枕として扱っている。業平の所でも述べたように、未《ま》だこの頃は、大和川を竜田川と呼んだと思うが、三室の山は、竜田の神奈備《かむなび》で、竜田川（昔の平群《へぐり》川）と大和川が合流する地点にある。竜田の神への信仰は失《う》せても、風の神という記憶が生きていた時代には、古様な調べとして、尊重されたのかも知れない。

七十　良暹法師《りょうぜんほうし》

さびしさに宿を立ち出《いで》て眺むれば
いづくも同じ秋の夕暮

いかにも俊成《としなり》・定家が好みそうな幽寂《ゆうじゃく》の境地を謳《うた》っており、新古今の歌風に近づいたことを思わせる。「秋の田の」にはじまる百人一首の世界も、ついに墨絵のような心境に至ったかと思うと、おのずから感慨が湧《わ》く。

前者と同じく、「後拾遺集」秋の部に、「題知らず」としてとられており、特に仏教と結びつけずとも、現代の私達にも充分共感される静寂な景色である。

良暹法師の出生その他については、不明な点が多いが、洛北《らくほく》大原の里に住んでいたらしく、「朧《おぼろ》の清水」を詠《よ》んだ歌が残っている。今もその清水は、寂光院の北、芹生《せりょう》の里の路傍にあり、謡曲「大原御幸《おはらごこう》」にも謳われた名水である。そういうことを心に置いて味わってみると、大原のあたりの景色が彷彿《ほうふつ》とされ、浮世を離れた庵《いおり》の有様が目に浮ぶ。特にこの歌を百人一首にえらんだ頃は、新古今の調べも定着し、その先駆《さきがけ》をなす秀歌として賞翫《しょうがん》されたのであろう。

七十一 大納言経信《だいなごんつねのぶ》

夕《ゆふ》されば門田の稲葉おとづれて
あしのまろやに秋風ぞ吹く

同じように秋の夕暮を謳《うた》っても、僧侶《そうりょ》と貴族では趣きが違う。「あしのまろや」は、草葺《くさぶき》の田舎家のことで、門前の稲田をわたる秋風が爽《さわ》やかに感じられる。「金葉集」の詞書《ことばがき》によると、「師賢朝臣《もろかたあそん》の梅津の山里に、人々まかりて田家秋風《でんかしうふう》といふ事をよめる」とあり、目前の風景をありのままに詠《よ》んでいるが、秋風が身にしむという程ではなく、稲の葉末を吹きすぎるそよ風が、肌に感じられるような調べである。

俊成の自讃歌《じさんか》、

夕されば野辺の秋風身にしみて
鶉《うづら》なくなり深草の里

とは、似て非なる心境といえよう。同じ「夕されば」でも、俊成の場合は、少し時間が遅く、暗《く》れなずむ山里を謳っているが、経信の歌には、夕陽の暖かみが残っている。それだけ古いともいえるし、新古今の先駆として、新しいとも見られるであろう。源経信（一〇一六—一〇九七）は、宇多源氏の出で、父を民部卿《みんぶきょう》道方といった。和歌、漢文、管絃《かげん》にもすぐれ、公任《きんとう》と並び称される才人であった。桂《かつら》に別荘を持っていたので、桂の大納言とも呼ばれたが、梅津の里と桂は程近いところで、「あしのまろや」に風わたる眺望は、身近なものであったに違いない。田家秋風《でんかしゆうふう》といっても、そこには即興歌や題詠歌とはちがう生活の匂《にお》いがただよっている。

七十二　祐子《ゆうし》内親王家紀伊《き》

音にきくたかしの浜のあだ波は
かけじや袖《そで》のぬれもこそすれ

「金葉集」の詞書《ことばがき》には、「堀河院御時艶書合《おほんときえんじよあはせ》によめる」とし、中納言俊忠《としただ》の歌、「人

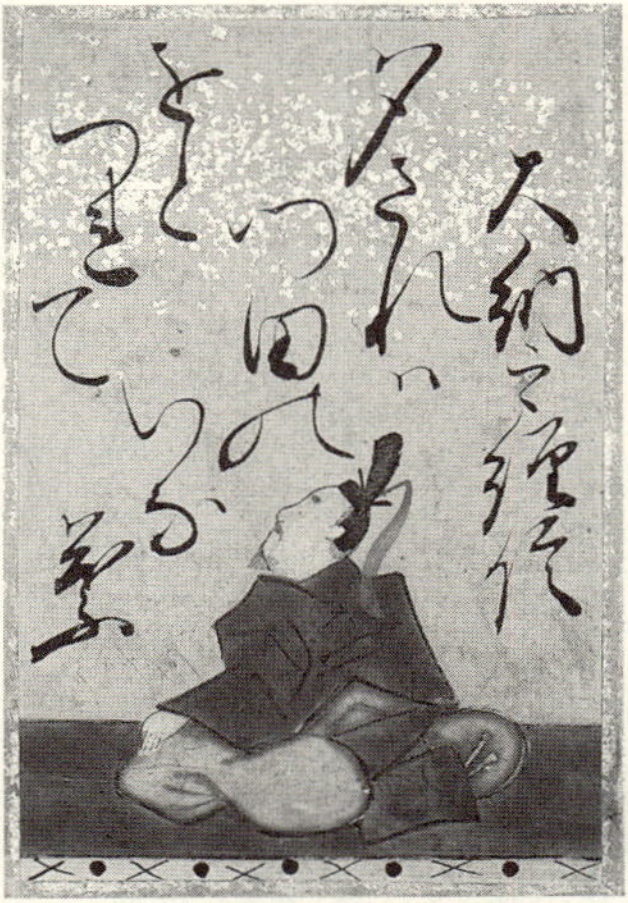
大納言経信

能因法師

祐子内親王家紀伊
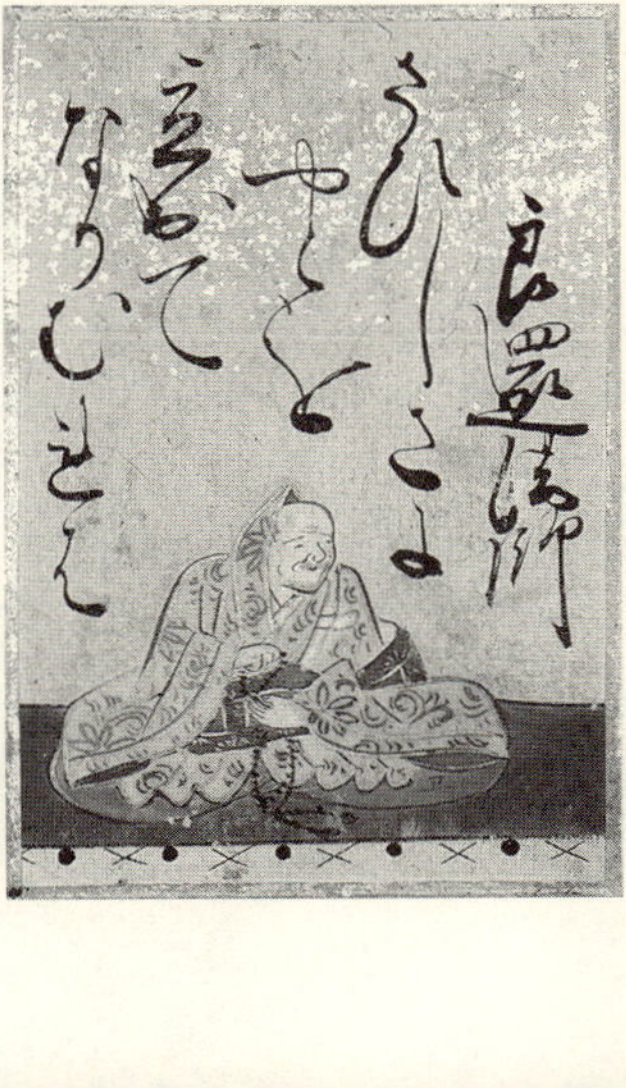
良暹法師

しれぬ思ひありその浦風に波のよるこそいはまほしけれ」の返歌と断ってある。

その「ありその浦」に対して、「たかしの浜」と謳《うた》い、俊忠のたわむれ言には、後で嘆くことになろうから、のらないといって、婉曲《えんきょく》に断ったのである。したがって、両方知っておいた方が鑑賞の助けになるが、単独でも巧みな歌として味わえる。「音にきく」は、「たかしの浜」にかけてあり、堺《さかい》から大阪の高石町あたりの海浜を、昔は「高師の浜」と呼んでいた。その名高い「あだ波」とは、いうまでもなく俊忠のあだし心のことで、そんな波にはよも掛けられまいと、はねつけたのである。ただそれだけのことで、心を打つものがないのは、題詠のこととて致しかたない。

堀河院の歌合は、康和《こうわ》四年（一一〇二）春のことで、宮廷に伺候《しこう》する歌人に恋歌を詠《よ》ませ、宮家に仕える女房達に、その返歌を作らせて「艶書合」と呼んだ。年に差別はつけなかったようで、紀《き》伊はこの時、七十歳ごろと推定されている。和歌のあそびもそこまで行くと、いささか邪道の感がなくもない。詞書などに惑わされずに鑑賞した方が趣きがあると思う。

紀伊の伝記もはっきりしてはいない。が、後朱雀《ごすざく》天皇の第一皇女、祐子内親王に仕えたことは確かで、「一の宮紀伊」とも呼ばれた。紀伊守であった人の、妻か子であったに違いない。紀伊は、紀貫之《つらゆき》、紀友則《とものり》と同じく、きと読むのが正しいそうである。

紀伊の国は、木の国で、一字で読むのが古い形なのだろう。

七十三　前中納言匡房《さきのちゆうなごんまさふさ》

高砂《たかさご》の尾上《をのへ》の桜咲にけり
外山《とやま》の霞《かすみ》たたずもあらなむ

「高砂の」は「尾上」の枕詞《まくらことば》で、高い山のことである。そこに桜が咲いたのを、周囲の山に霞がかかって、見えなくならないようにと願ったので、「外山」は外輪山という程の意味である。が、必ずしも火山の外輪山ではなく、高い山を取巻く峯《みね》、もしくは里近い丘と解していい。

昔から「たけある歌」、「正風」と評されたのは、私共にもわかるような気がする。そのかわり、深い情趣には欠けるが、実際に外山に霞がかかっているのを見て、立たないでくれと願ったとすれば、少しは味わいが深まるような感じがする。

だが、「後拾遺集」の詞書には、「内のおほいまうち君の家にて、人々酒たうべて歌よみ侍《はべり》けるに、遥《はるか》に山桜を望《のぞむ》といふ心をよめる」とあり、純然たる題詠の歌である。

「うちのおほいまうち君」は、内大臣藤原師通《もろみち》のことで、その邸《やしき》に集って、酒宴の座興に詠《よ》んだのであろう。大江匡房は、匡衡《まさひら》の曾孫《そうそん》で、代々儒者で聞えた家に生れ、碩学《せきがく》の聞えが高かった。品のよい「正風」の歌を詠んだのは、その為《ため》もあろう。歌の姿にも、詩人というより、真面目《まじめ》な学者肌の人間が現れている。

題詠歌というと、とかく私達はつまらないと思いがちだが、後鳥羽院は、「時々かたき題を詠じ習ふべきなり。近代あまりにさかひに入過て、結題《むすびだい》の歌も、題のこころいとなけれども、くるしからずとて、云々《うんぬん》」（後鳥羽院御口伝《ごとばいんおんくでん》）と、おろそかになることを戒めていられる。歌を学ぶためには、時々むつかしい題によって、束縛されることも必要であったに違いない。題の心にかなって、しかも自分の心境が述べられれば、最上の歌詠みとされたのである。

七十四　源俊頼朝臣《としよりあそん》

憂《う》かりける人を初瀬の山おろし
はげしかれとは祈らぬものを

源俊頼（一〇五五―一一二九）は、「夕されば」の歌を詠《よ》んだ大納言経信《だいなごんつねのぶ》の三男である。歌人として名高い人物で、「千載集」「新古今集」の歌風に大きな影響を与えた。多くの歌を遺《のこ》しただけでなく、独特の歌論を持っており、批評家としても尊敬されていた。凡河内躬恒《おおしこうちのみつね》の条で、躬恒と貫之と、どちらが上か論じた時、俊頼は、「躬恒をば侮《あなど》らせ給《たま》ふまじきぞ」といい、いくら聞いても、それだけしか答えなかったと書いた覚えがあるが、批評家というものはそうあるべきだと思う。

この歌は「千載集」恋の部に、「権中納言《ごんちゅうなごん》俊忠の家に、恋の十首歌よみ侍《はべ》ける時、いのれどもあはぬ恋といへる心をよめる」という詞書《ことばがき》のもとに出ている。恋の歌も時代が降《くだ》ると、「逢不逢恋」とか、「祈不逢恋」とか、複雑な様相を呈して来る。一首の意味は、つれない人に、何とかして逢いたいと、初瀬の観音に祈ったが、初瀬の山おろしよ、どうぞ烈《はげ》しく当らないでくれと、女のつれなさにたとえた。「初瀬の山おろしよ」となっている本もあり、その方がわかりやすい。持って廻った言い廻しであるが、それが当時の人々の好みに合ったので、定家もこの深い心は、「まねぶともいひつづけがたく、まことにおよぶまじきすがた也《なり》」と絶讃《ぜっさん》している。三十一《みそひと》文字《じ》の中に、これだけの意味を籠《こ》めるのは、高級な技術を要したに違いないが、手のこんだ工芸品のように見えなくもない。が、昔の人々は我々とはちがって、「初瀬」といえば、直ちに観音様を想《おも》い、山おろしの烈しさも、身にしみていたことを忘れてはなるまい。
俊頼にはもっと素直ないい歌もあり、ここに二、三あげておく。

鶉《うづら》なくまのの入江の浦風に
尾花波よる秋の夕暮

世の中はうき身にそへるかげなれや
思ひすつれど離れざりけり

ふる雪に谷のかけはしうづもれて
こずゑぞ冬の山路なりける

「後鳥羽院御口伝」には、俊頼の父、経信を評して、品がよくて、詞が美しく、しかも「心たくみな」歌詠みであると褒めた後に、「又俊頼堪能《たんのう》のものなり。歌すがた二様によめり。うるはしくやさしきやうも、ことにおほくみゆ。またもみ〳〵と人はえよみおほせぬ様なる姿もあり。此《この》一様すなはち定家卿《きやう》の庶幾《しよき》するすがた也」として、

「憂かりける人を初瀬の山おろし」をあげ、また「うるはしき姿」の方は、「鶉なくまのの入江」の歌を例にあげていられる。特に「定家卿の庶幾（希望）するすがた」といわれたのは、御自身は「うるはしくやさしき」方を好まれたのではなかろうか。

七十五　藤原基俊《もととし》

契《ちぎ》りおきしさせもが露を命にて
あはれことしの秋もいぬめり

「千載集」の詞書《ことばがき》には、「僧都《そうづ》光覚、維摩会《ゆいまゑ》の講師《かうじ》の請《しやう》を申しける時、たびたびもれにければ、法性寺入道前太政大臣《ほつしやうじのにふだうさきのだじやうだいじん》にうらみ申けるを、しめぢがはらと侍《はべ》りければ、またその年ももれにければ、つかはしける」と述べており、僧都光覚は、基俊の子であった。維摩会の選に度々もれたので、関白忠通《ただみち》を恨んでいたが、「しめぢがはら」（自分を頼りにせよ）といわれたにも拘《かか》わらず、また選ばれなかったので、親の基俊が光覚に、この歌をよんで与えたという。

現代語訳はなるべく避けたいと思っても、だんだんそういうわけに行かなくなる。

それ程技巧が多くなり、歌の歴史も古くなるからだ。ここでは「しめぢがはら」について知っておかないと、歌の真意がわからなくなる。それは「新古今集」釈教の部に、清水観音の託宣として、

なほたのめしめぢがはらのさせもぐさ
わが世の中にあらんかぎりは

の歌をふまえているからである。「標ケ原《しめぢ》」は下野《しもつけ》の歌枕《うたまくら》で、「させもぐさ」（もぐさ）の産地であった。その「しめぢ」に示すをかけ、どんなに辛《つら》いことがあろうとも、我が世にあるかぎりは、ひたすら信ずればよいと、観音が示した歌である。太政大臣が、「しめぢがはら」といったのは、そういうわけで、我を信頼せよと引きうけたのに、また選にもれたので、親の基俊がそれをうけて、「させもが露」と詠《よ》んだのである。

といえば、大体の意味はとけたと思う。あんなに太政大臣が約束して下さったのだから、頼りにしていたのに、それも駄目になって、今年の秋も空《むな》しく去って行くだろうと、わが子のために嘆いた。というより、わが子にかわって詠んだのであろう。こ

んなに説明してしまうと、歌を鑑賞する気もなくなるが、この時基俊は、既に八十歳に達していたことを思うと、哀れなのはむしろ父親の方であったかも知れない。

彼は右大臣俊家の子で、名門に生れたにも拘《かか》わらず不遇であった。一時は俊頼と並んで、歌壇の中心人物であったが、あまりにもかたくなな性質のために、時代の風潮について行けなかった。光覚の出世をはばんだのも、父親のせいが多分にあったと思われる。この歌にも、いやにからんだような所があり、短い句の中で多くをいおうとしすぎている。が、定家の父俊成は、若い時基俊に師事したことがあり、俊頼をえらんで、基俊を省くわけには行かなかったと思う。なまじ面倒な詞書がなければ、失恋の歌として味わえたであろうに、惜しいことである。

七十六　法性寺《ほつしようじの》入道前関白太政大臣《にゆうどうさきのかんぱくだじようだいじん》

和田《わだ》の原こぎ出《いで》てみれば久堅《ひさかた》の
雲居にまがふ奥津《おきつ》白波《しらなみ》

俊頼・基俊と並んだら、ぜひとも関白忠通《ただみち》に登場して貰《もら》わなければ、おさまりがつかなかったであろう。この歌は「詞花集」に、「新院位におはしましとき、海上遠望といふことをよませ給《たまひ》けるによめる」という詞書《ことばがき》があり、いかにも太政大臣らしいおおらかな調べである。新院とは、崇徳《すとく》天皇のことで、保延《ほうえん》元年（一一三五）四月の内裏歌合に詠《よ》んだと伝え、当時、忠通は関白であった。百人一首もようやく院政時代に入り、芸がこまかくなって行く中で、このような歌に出合うと、ほっとした気分になる。

忠通は、忠実《ただざね》の長男で、四代の天皇に仕えた重臣である。性質も温厚で、父親にまさる器量人だったので、忠実は弟の頼長《よりなが》を愛し、二派にわかれて保元の乱の因をつくった。応保二年（一一六二）出家して、法性寺入道と呼ばれたが、和歌にすぐれていただけでなく、書道も巧みで、法性寺流の祖となった。「玉葉《ぎよくよう》」をあらわした九条兼《くじようかね》実《ざね》、「愚管抄《ぐかんしよう》」の著者である慈円《じえん》は、忠通の子である。日本の文化史上、忘れることの出来ない人物で、「今鏡」は「和田の原」の歌をあげて、「人丸が、島がくれゆく舟をしぞ思ふ、など詠めるにも恥ぢずやあらむとぞ人は申し侍《はべ》りし」と、いっている。忠通の晩年には、定家も生れており、氏《うじ》の長者として、特別な親近感を抱いていたに違いない。

権中納言通房
さきそめし
高ねの尾上の
さくらかな

藤原基俊
契りおきし
させもが露を
命にて

権大納言教長
久しくも
香りきてけり
梅花

源後京極前太政大臣
うかりける
人をはつせの
山おろし

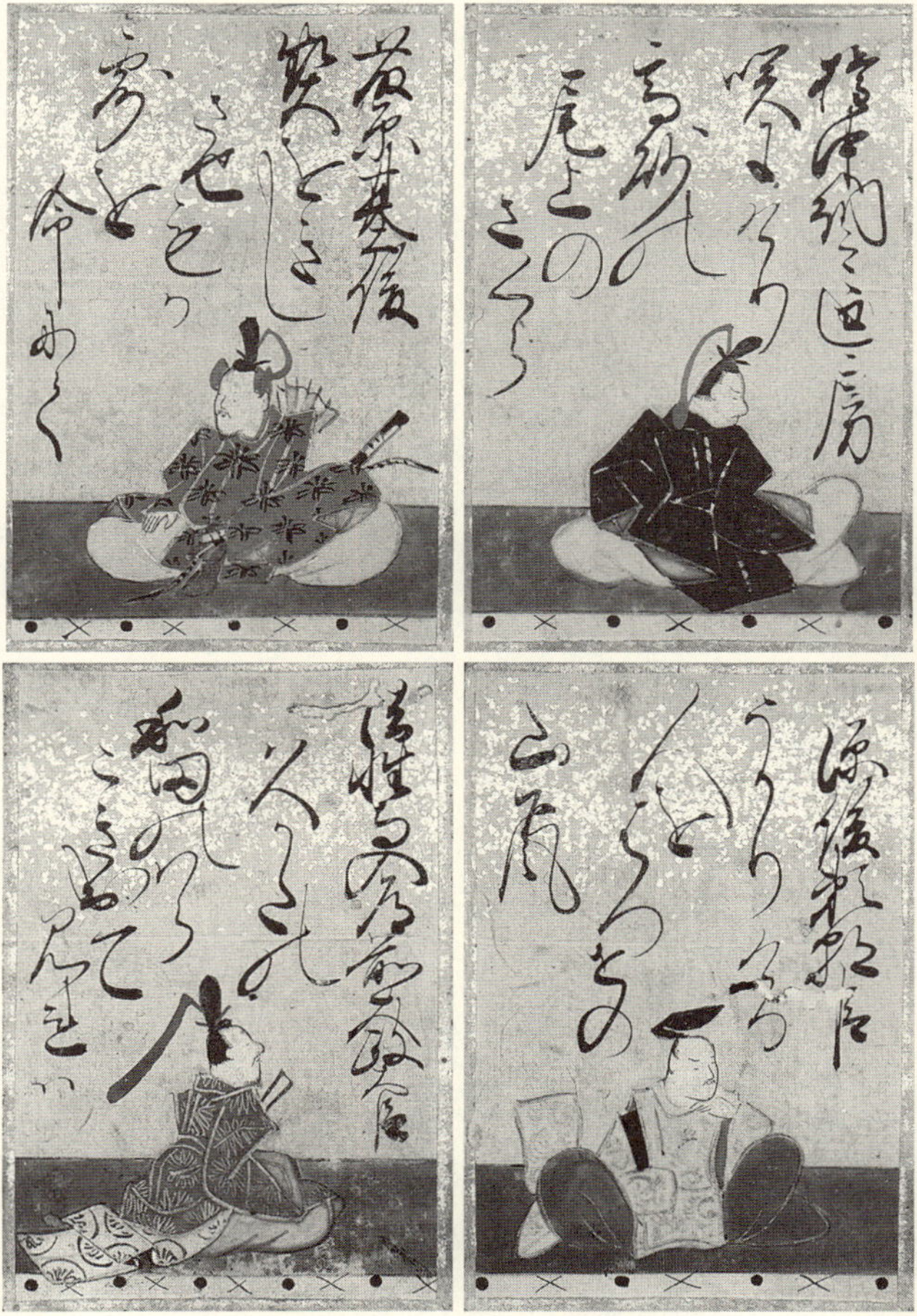

七十七　崇徳院《すとくいん》

瀬をはやみ岩にせかるる滝川の
われても末にあはむとぞおもふ

大臣級の人々の歌が、長調であるに反して、このころの天皇の御製がすべて短調であるのも、藤原氏の権勢におされて、不幸な日々を送られたことを暗示している。「詞花集」には、「題しらず」としてあるが、もとの歌は、序句が「ゆきなやみ」となっており、恋心の烈《はげ》しさを謳《うた》ったものであるという。たしかに、女と逢《あ》うことが主題になっているが、崇徳院の悲劇の一生を想《おも》う時、恋の歌によせて、「世に逢うこと」を切望されたのではあるまいか。緊迫した詞《ことば》の烈しさに、私はそういうものを感じる。

崇徳院は、鳥羽天皇の第一皇子で、母は待賢門院璋子《たいけんもんいんしょうし》といった。わずか五歳で即位され、院政の中で空《むな》しい日々を送られたが、鳥羽上皇の寵姫《ちょうき》、美福門院に皇子が生れたために、二十三歳の時に譲位をせまられた。近衛《このえ》天皇である。その時から、鳥羽上皇を「本院」と称し、崇徳天皇は「新院」と呼ばれるようになる。近衛天皇は間もなく夭折《ようせつ》されたので、本院と新院の仲はますます険悪になり、皇弟の後白河天皇が立つに至って、長年の不満が爆発した。関白忠通の弟、頼長と共謀し、兵をあげたのが保元の乱のはじまりである。

崇徳院と頼長では、鳥羽上皇と忠通の敵ではなく、頼長は殺され、院は讃岐《さぬき》へ流島《るとう》になった。新院の憤《ふん》怒《ぬ》は凄《すさま》じいもので、舌を嚙《か》んで血書を作り、「願はくは大魔王となつて、天下を悩乱せん」という誓いを立て、その後は髪も剃《そ》らず、爪《つめ》も切らず、悽《せい》惨《さん》たる有様で長寛《ちようかん》二年八月、讃岐で崩じられた。

案の定、その後崇徳院は、御霊《ごりよう》になって祟《たた》りをなすといわれ、元暦《げんりやく》元年、後白河天皇の命により、御霊会《ごりようえ》がいとなまれた。この御歌は、新院となって間もなくのころ、歌合の時の作であるが、やはり純粋な恋歌ではないと私は思う。

崇徳院は崩御の際に、俊成に長歌を送られたと聞くが、定家にとっては忘れがたい存在であったに違いない。院はとらわれの身となった後も、悲しく美しい歌を遺《のこ》していられる。

憂きことのまどろむほどは忘られて
覚むれば夢の心地こそすれ

浜千鳥あとは都へかよへども
身は松山に音をのみぞ鳴く

七十八　源兼昌《かねまさ》

淡路島《あはぢしま》かよふ千鳥のなく声に
幾夜寝ざめぬ須磨《すま》の関守

百人一首にはとられなかったが、崇徳院の「浜千鳥」から聯想《れんそう》して、定家がこの歌をえらんだと考えるのは思いすごしであろうか。源兼昌はさして名高い歌人ではなく、官位も低かったらしいが、定家はこの一首に心をひかれたようで、自分でも本歌取りをして詠《よ》んでいる。

旅寝する夢路はたえぬ須磨の関
かよふ千鳥のあかつきの声

本歌と本歌取りの相違がよく現れていると思うが、定家の歌はやや説明的で、私のような素人《しろうと》には、本歌の方がすぐれているような感じがする。別にむつかしい歌ではなく、須磨の浦に旅寝をして、淡路島へ通う千鳥の声に耳を澄ましつつ、幾夜寝ずにすごしたことかと、みずからを須磨の関守にたとえた。深々《しんしん》と更《ふ》けゆく夜の静けさに、千鳥の声がとけ入って、冬の夜の寂寥《せきりょう》が迫って来る。百人一首の中では、人気のある歌の一つで、しまいには辻占売《つじうらうり》にまで歌われるようになった。その大衆の判断は正しいと思う。

七十九　左京大夫顕輔《あきすけ》

秋風にたなびく雲のたえまより
もれいづる月の影のさやけさ

「新古今集」秋の部に、「崇徳院に百首歌たてまつりけるに」という詞書《ことばがき》があり、それには「たなびく雲」が「ただよふ雲」になっている。後者の方が評判がいいらしいが、「たなびく」の方がしまりがあって私はいいと思う。この歌も素直にいい流しており、平明な詠《よ》みぶりが美しい。日本人なら誰にでも共感される秋の夜の景観であろう。

顕輔（一〇九〇—一一五五）は、和歌の家で知られた六条藤原家の出で、俊頼《としより》とも親交があった。父の顕季《あきすえ》もすぐれた歌人で、和歌で一家をなしたが、俊成も一時顕季の養子になり、顕広と称したことがある。六条家というのは、烏丸《からすま》六条に邸《やしき》があったからで、顕輔の子に、後に出て来る清輔のほかに、重家、顕昭《けんしよう》法師など、代々名のある歌人が生れた。定家も彼を高く評価しており、この歌と左の歌を、傑作としてあげている。

かつらぎや高まの山のさくらばな
　雲井のよそに見てやすぎなん

百人一首には、時々「百首歌」というものが出て来るが、後鳥羽院はそれについて、「一時に百首を詠じなどする事、練習のためにはよけれども、ただ百首を詠じて、詠じ畢《をはり》ぬれば又はじめ〳〵、或《あるい》は無題或は結題を、かへすがへす詠ずるが、いかにも始終はよき也《なり》。人に見せずしてよみ置たれば、卒爾《そつじ》の用にも叶《かなひ》て、究竟《くつきやう》のことにてある也。恨こもらぬ歌は、十廿首などはよくみゆれども、百首度々になれば、末よは（弱）になる。遺恨の事也」といわれ、歌人の教養として、百首詠むことがぜひとも必要であったことを示している。

八十　待賢門院《たいけんもんいん》堀河

長からん心もしらず黒髪の
乱れてけさは物をこそ思へ

崇徳院の御母、待賢門院に仕えた女房で、女院が出家された後、尼になった。この歌はまだ後宮に出仕していた頃の作で、「千載集」には、「百首の歌奉《たてまつ》りける時、恋の心をよめる」としてある。後朝《きぬぎぬ》の別れを想定して詠《よ》んでいるが、後鳥羽院の言を借りれば、恨みのこもる歌は、いくら詠んでも末弱《すえよわ》にはならなかったであろう。「黒髪の乱れてけさ」という詞《ことば》には、万感の想《おも》いが籠《こも》っており、後朝の艶《なま》めいた姿が浮んで来る。色気があって、しかも度を越さないところが美しいと思う。

堀河の家集によると、崇徳院の御前にもしじゅう出入りしていたらしく、院との贈答歌が入っており、西行法師とも親しくしていたことが、「山家集《さんかしゅう》」に見えている。

ある所の女房、世をのがれて西山に住むときききて、訪ねければ、住み荒したる様して、人の影もせざりけり。あたりの人にかくと申しおきたりけるをききて、言ひおくれりける

潮なれし苫屋《とまや》も荒れてうき浪《なみ》に
寄る方もなき蜑《あま》と知らずや

返し（堀河）

苫の屋に浪たち寄らぬ気色にて
あまり住み憂《う》きほどは見えにき

詞書の「ある所の女房」は、西行の家集では「待賢門院堀河の局《つぼね》」となっており、この他にも贈答の歌がいくつかある。西行法師が出家した後も、「なほ世にあるに似たるなりけり」と謳《うた》ったように、院の女房達と親しく附合っていたことが、想像され

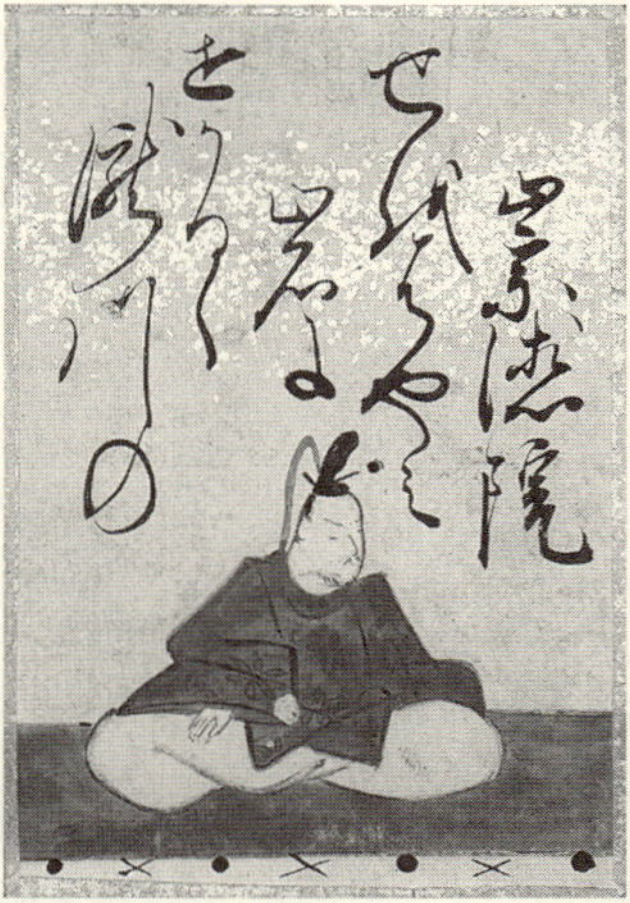

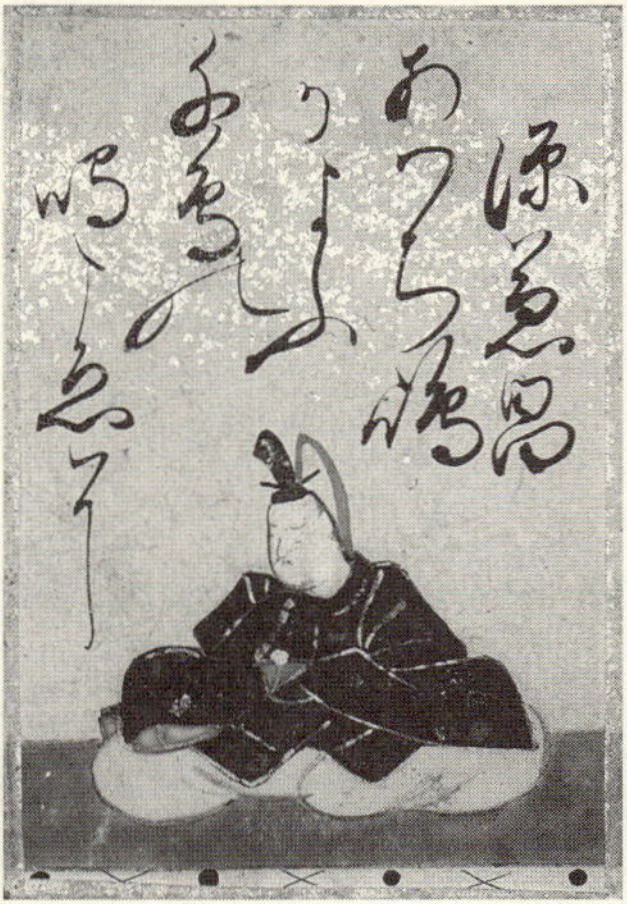
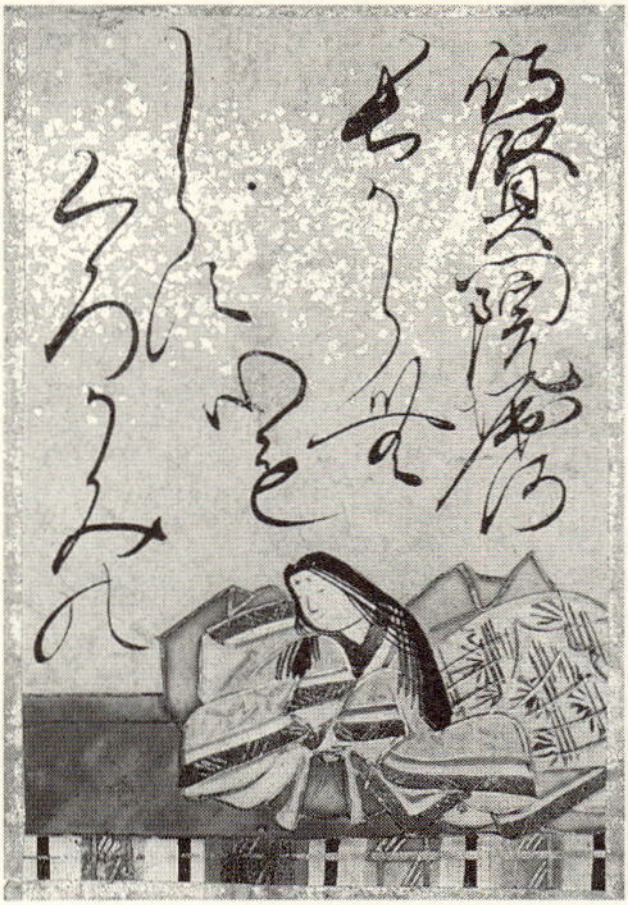

て興味ぶかい。

八十一　後徳大寺左大臣《ごとくだいじ》

ほととぎす鳴きつるかたを眺むれば
ただ有明の月ぞのこれる

私は田舎に住んでいるので、このような経験はしばしばある。ほととぎすは、（私の所では）五月の末頃に鳴くが、急いで雨戸をくってみると、木の間越しに、白々とした月が輝いているのみで、何かすかされたような気分になる。この歌もそういう気持を、優雅に謳《うた》いあげている。ほととぎすの歌は無数にあるが、こんなに淡々と詠《よ》んだものはめずらしい。

ほととぎすは、万葉時代から日本人に愛されたので、時鳥、郭公、子規のほかに、幾通りもの書き方がある。渡り鳥の一種で、他の鳥の巣に卵を産むことも、早くから知られていた。そういう習慣とは別に、死んだ人の魂を招《よ》ぶ鳥ともされており、また声の鋭いところから、血を吐くともいわれた。正岡子規の名は、そこから出たと聞いている。田長鳥《たおさどり》とも呼ばれたのは、初夏の田植の頃に鳴きはじめるからで、切迫した鳴声が、田植をうながすように聞えたのであろう。それぞれの土地に、ほととぎすに関する伝説があり、無意識のうちに私達は、そういう伝統をうけついでいる。ほととぎすの初音を聞くことは、十世紀頃から盛んになり、この歌も初音を謳ったように思われる。

後徳大寺左大臣は、藤原実定《さねさだ》（一一三九—一一九一）のことで、父を大炊御門公能《おおいのみかどきんよし》といい、定家とは従兄弟《いとこ》の間柄である。時代は藤原氏から平家に権勢が移ってゆく頃で、よろずにつけ不満なことが多かったらしい。「平家物語」には、かねて望んでいた右大将を、平宗盛《むねもり》に奪われたので、実定は落胆していたが、利口な家来のすすめで、厳島《いつくしま》に参籠《さんろう》し、厳島神社の内侍《ないし》から清盛に事の次第を告げさせ、めでたく右大将におさまることが出来たという。

歌は上手でもそういう性格では、人に軽蔑《けいべつ》されていたようで、鴨長明《かものちようめい》は「無名抄《むみようしよう》」の中で、実定卿《きよう》は、無明《むみよう》の酒ということを、無名《むみよう》とあやまって、名もなき酒と詠んだため、「名なしの大将」という異名をとったといっている。たとえ左大臣といえども、容赦しない都びとの意地悪さが出ているが、そういう人間だから素直な歌が詠めたのであろう。この歌は「千載集」に、「暁聞郭公といふ心をよみ侍《はべり》ける」という詞書があり、実定は一時期和歌に熱中したが、熱がさめた後は、ぜんぜん詠まなくなったと伝えている。

八十二 道因法師

思ひわびさても命はあるものを
憂《う》きにたへぬは涙なりけり

道因法師は、俗名を藤原敦頼《あつより》といい、九十歳の時に、右大臣家の歌合に列したというから、大そう長生きをした歌人である。出家する前は崇徳院に仕えており、寮の御馬のことを司《つかさど》っていたが、行事が終るとその日の装束を、馬飼の下人に取らせることが恒例になっていた。が、彼は貧しかったのか、人に借りた装束だからといって、何も与えなかったので、翌年斎宮の行列に加わっていた時、馬飼共がさんざんに罵《ののし》り、道因の装束をはぎとったので、丸裸になって逃げ出した。それから彼のことを、「はだし馬助」と呼んだという。彼の役名が「左馬助《さまのすけ》」だったからである。

そういうことが度々あって、出家したのかも知れない。「無名抄」には、七、八十歳になるまで、「秀歌よませ給《たま》へ」と、住吉神社に月参りをしたことが出ており、和歌が上手になる以外に、栄達の道がなかったのであろう。「千載集」が成ったのは、道因の死後であるが、彼の歌が十八首もえらばれたので、俊成の夢に現れ、涙をこぼして感謝した。ために俊成は、二首を加えて、二十首にしたとも伝えている。

この歌も「千載集」に、「題知らず」としてのっており、いつ頃詠《よ》んだものか私は知らないが、「さても命は」といっているのをみると、かなり老年になっての作ではなかろうか。何となく老いの繰言《くりごと》を想《おも》わせるような歌である。定家は夢にまで現れた道因の執念を（といっても、それは俊成が内心思っていたことにすぎないが）、哀れに感じて百人一首の一人に加えたのであろう。それ程印象に残る歌ではないが、「思ひわび」と「恨みわび」は似ているので、かるたをとる時、よくお手つきをしたことを思い出す。

八十三　皇太后宮大夫俊成《としなり》

世の中よ道こそなけれおもひ入る
山の奥にも鹿《しか》ぞ鳴くなる

さて、いよいよ定家の父、俊成の登場である。この父子《おやこ》が中世歌壇を代表する大きな存在であったのは、事新しく述べるまでもない。俊成については、今までにもところどころでふれて来たが、忽然《こつぜん》とこの世に生れたわけではなく、源経信《つねのぶ》とその子俊頼《としより》の影響をうけ、特に俊頼が、批評家として一家をなしていたことは前述のとおりである。「男山《をとこやま》の昔を思ひいでて、女郎花《をみなへし》のひとときをくねるにも、歌をいひてぞ慰めける」（古今序）という時代から、次第に理論を必要とする時期に至ったといえよう。

おほかた歌のよしといふは、心をさきとして、めづらしきふしをもとめ、詞《ことば》をかざりよむべきなり。心あれど詞かざらねば、歌おもてめでたしとも聞えず。詞かざりたれど、させるふしなければ、よしとも聞えず。めでたきふしあれども、優なる心ことばなければ、またわろし。けだかく遠白きをひとつのこととすべし。

（俊頼髄脳《としよりずいのう》）

その「けだかく遠白き」美学を発展させて、俊成は、あはれと幽玄を和歌の基本とした。理論といっても、今いうような筋道の立ったものではなく、それゆえ様々の説を生んだが、「幽玄」という言葉は、俊成の発見によるもので、後に世阿弥《ぜあみ》によって芸能の世界に移植され、美しく花咲いたことは周知のとおりである。お能ばかりでなく、幽玄から出たさびの境地が、茶道の根本精神となったことも忘れてはなるまい。別の言葉でいえば、それ程和歌の理論というものは、後世の芸術一般の指針となったので、そういう点でも、彼がはたした功績は大きい。

俊成は永久二年（一一一四）、藤原俊忠《としただ》の子に生れたが、十歳の時に父を失った。幼少の折に父親と死別することは、栄達の道を閉ざされることで、それが俊成を和歌の道に向わせる一つの起因となったと思う。

若い頃の作には、たとえば、

身のうさはとふべき人もとはぬ世に
あはれにきなくほととぎすかな

といったような孤独をかこつ歌もある。そこからあはれと幽玄が生れたと断ずるのは早計であろうが、既にそういうきざしが現れていることは否《いな》めない。二十五歳の時、彼は藤原基俊《もととし》の弟子になった。基俊はその時八十三歳で、心は俊頼の歌風にひかれながら、師としては基俊の方が頼りになると思ったのかも知れない。

君なくばいかにしてかは晴《はる》けまし
　古今《いにしへいま》の覚束《おぼつか》なさを

返し（基俊）

かきたむるいにしへ今の言の葉を
　残さず君に伝へつるかな

入門するに当って、師弟が取交した歌で、古今伝授の淵源《えんげん》になったと聞くが、大げさなことである。それより入門の挨拶《あいさつ》にまで歌を詠《よ》む習慣があったことを、私達は銘記すべきであろう。俊成が一時修理大夫顕季《あきすえ》の養子になり、顕広と称したことは前に記したが、親のない若者が八方手をつくして、歌壇に参加することを願ったのは、想像するだに哀れである。やがて持って生れた才能に、磨きあげた技術が加わって、三十歳の頃から頭角をあらわす。

夕されば野辺の秋風身にしみて
鶉《うづら》なくなり深草の里

この歌が、三十七歳の作であるのを思う時、俊成の歌風が完成し、自信をもって世間に対していたことがわかる。もはや押しも押されぬ歌壇の指導者で、六十三歳で出家し、「釈阿《しゃくあ》」と名のってからは、いっそう円熟の境地に至った。和歌の道に執したことは、道因法師の比ではなく、歌を詠む時は浄衣《じょうえ》を着し、桐火桶《きりひおけ》を抱いて苦吟したというのは有名な話である。そうして九十一歳まで生きのびて、幸福な生涯を終ったが、百人一首の「世の中よ」の歌は、比較的早い頃の作であるという。

詞書には、「述懐の百首よみ侍《はべり》ける時、しかの歌とてよめる」とあり、「千載集」に自選しているのは、よほど自信があったとみえる。定家が「夕されば」の歌をとらずに、これを選んだのも、自分の好みだけではなく、父親の歌風はこちらの方にあると信じたに違いない。「世の中よ、道こそなけれ」とひと息にいい、さて「おもひ入る山」とつづけた所に、日本語に特有な一種の間《ま》が感じられ、自分の心境を鹿の声に象徴させている。そういう所が後鳥羽院をして、「釈阿はやさしくえむ（艶）に、心もふかく哀なるところもありき」といわしめたのであろう。が、他の人々に比べて、それ程いい歌とも思えないのは、私の鑑賞の至らぬせいであろうか。

八十四　藤原清輔朝臣《きよすけあそん》

長らへばまた此比《このごろ》やしのばれん
憂《う》しとみし世ぞ今は恋しき

清輔（一一〇四―一一七七）は、六条藤原顕輔《あきすけ》の次男に生れたが、父にうとんぜられたので、若い頃は憂悶《ゆうもん》の日々を送った。そういう苦悩を述べた歌で、「新古今集」には、「題知らず」となっている。が、「家集《いえのしゆう》」には、「いにしへ思ひ出《い》でられけるころ、三条大納言いまだ中将にておはしける時、つかはしける」という詞書《ことばがき》があり、相手の中将については色々の説がある。

この詞書から推察すると、かなり年をとってから、昔を述懐して詠《よ》んだ歌で、意味だけとれば、三条院の「心にもあらで憂世にながらへば」に似ているが、歌の姿はまったく違う。穏やかなのは、六条家の歌風と聞くが、三条院の痛切さはなく、どこに焦点を合せていいか判断に困る。にも拘《かか》わらず、時間の経過、――というよりも、未

来から現在へ、そうして過去へと、逆にさかのぼって行く調べには、しみじみとした味わいがある。かるたを取っている時は気がつかなかったが、これこそほんとうに「述懐」の歌にふさわしい詠嘆といえるであろう。父に嫌われたのは、どういう理由か私は知らないが、生活の上でも、和歌の道でも、苦労をした人に違いない。承安《じようあん》二年（一一七二）三月、清輔が主催して、長寿の人々を一堂に集め、尚歯会《しようしかい》を催した。その時の歌にも同じような趣きがある。

散る花は後の春とも待たれけり
またも来まじきわが盛りかも

八十五　俊恵《しゆんえ》法師

夜もすがら物思ふ比《ころ》は明けやらで
閨《ねや》のひまさへつれなかりけり

俊恵法師（一一一三—一一九一）は源俊頼の子で、東大寺の僧であった。後に京都の白河に「歌林苑《かりんえん》」をいとなみ、藤原隆信、寂蓮《じやくれん》等が集って、歌会を催し、鴨長明とも師弟の契《ちぎ》りを結んだと伝えている。

この歌は、そこで歌合を行なった時の作で、「千載集」には、「恋の歌とてよめる」としてある。古い形では、三句が「明けやらぬ」となっているが、「明けやらで」の方が下の句へのつながりがいい。女の立場になって、つれない恋人のことを恨みつづけている夜は、中々明けてくれないので、いっそう悲しい思いをすると嘆いた歌である。坊さんが女の気持になって詠《よ》む場合はしばしばあるが、代詠ということは万葉時代から行われており、どんな歌でもこなすことが出来なくては、歌人として認められなかったのであろう。この場合は、代詠というより、「恋の歌」として詠んだので、創作的な要素が加わっている。が、内にこもるでもなく、外へ向って開放されるでもなく、歯切れの悪い歌だと私は思う。

俊恵法師の祖父は、「あしのまろやに秋風ぞ吹く」と詠んだ大納言経信《つねのぶ》で、桂《かつら》の近くの別荘に住み、「桂大納言」と呼ばれたことは前に述べた。俊恵もその傍らに邸《やしき》か寺を持っていたようで、「板井の清水」という旧跡が残っていたという。古くから京都の名水の一とされ、

ふるさとの板井のしみづ水草《みぐさ》ゐて
　月さへ澄まずなりにけるかも
俊恵法師

という歌が「千載集」にのっている。今は福田寺という尼寺の境内に、その歌碑と供養塔《くようとう》が建っているだけで、まわりは工場地帯となり、昔をしのぶよすがもない。

後鳥羽院は、「俊恵はおだしきやうに（穏かに）よみき。五尺のあやめ草に水をかけたるやうに、歌はよむべしと申けり」といわれたが、「五尺のあやめ草に水をかけたる」とは面白い表現である。私にはよくわからないが、のびのびと、爽《さわ》やかに詠むということであろうか。そう言えば、百人一首の歌も、ひとり寝の寂しさは謳《うた》っても、たしかにのびのびとした調べではある。

八十六　西行法師

なげけとて月やは物を思はする
　かこち顔なるわが涙かな

西行法師にはいい歌が沢山あるのに、何故《なぜ》これを選んだかと、私はいつも不満に思っていた。が、改めて味わってみると、一字もおろそかにしていない充実した調べである。西行も自信を持っていたようで、自選の歌を集めた「御裳濯川歌合《みもすそがわうたあわせ》」にえらび、俊成は「こころふかく姿優なり」という判詞を与えている。

「千載集」の詞書《ことばがき》には、「月前恋といへるこころをよめる　円位法師」としてあり、円位は彼の法名である。西行にしては珍しく、やや技巧的な歌で、そこが定家の気に入ったのかも知れない。が、他の歌を百人一首に入れたならば、場ちがいの感を免かれなかったであろう。俊恵と西行と、二人ながら僧侶《そうりよ》であるのに、恋の歌をえらんでいるのは面白い。

「後鳥羽院御口伝《ごとばいんおんくでん》」は、院が隠岐《おき》の島へ流された時、お供をしていた教念上人《しようにん》という僧が、院が崩御になった後、書物の類はみな焼いたのに、この一巻だけは焼き捨てるにしのびないので、ひそかにぬすみ出して、保管していたという。その中に西行を評した有名な詞がある。

西行はおもしろくて、しかもこころもことにふかくて哀れなるありがたく、出来がたきかたも、ともに相かねてみゆ。生得の歌人とおぼゆ。これによりて、おぼろげの人のまねびなんどすべき歌にあらず。不可説の上手なり。

俊成と西行は、「千載集」を代表する歌人といわれるが、この二人はまったく異質の存在で、そういうことを後鳥羽院は見ぬいておられた。「釈阿（俊成）はやさしくえむ（艶）に、心もふかく哀なるところもありき。ことに愚意に庶幾《しよき》するすがた也《なり》」というかたわら、西行は真似《まね》るべきではない、「不可説の上手」、「生得の歌人」と断言されている。俊成・定家だけではなく、経信・俊頼・基俊とも、更にいえば、およそ歌人と呼ばれるものとは別の世界の住人であった。西行が出家したからではない。慈円や寂蓮のように、仏教の境地を謳《うた》うわけでもなく、迷いの中に安住の地を見出《みいだ》した不思議な人物である。

数ならぬ身をも心のあり顔に
浮かれては又帰り来にけり

世の中を捨てて捨てえぬ心地して
都離れぬ我身なりけり

それは当時流行の歌論など、まったく必要とせぬ独自の世界であった。「都離れぬ我身」といいながら、漂泊の旅に一生をついやし、行脚《あんぎや》の聖《ひじり》かと思えば、後宮の女房と親しくする。しいて言うなら、「一所不住」が西行の実践した思想のように見えるが、それさえ仏教臭く聞える程、彼の生活は自由であった。まして歌に執着することなど、思ってもみなかったに違いない。そういう意味で、俊成と西行を、「千載集」の代表者とみることに私は反対である。極端なことを言えば、彼は歌人でも僧侶でもなく、手ぶらで人生の迷路を闊歩《かつぽ》した見事な人間といえよう。

世をすつる人はまことにすつるかは
すてぬ人こそすつるなりけれ

彼は歌論らしいものは一つも残さなかったが、栂尾《とがのお》の明恵《みようえ》上人に、自分が歌を詠む時の覚悟ともいうべきものを語っている。少し長いが、美しい詞なので、ここに記しておく。

我が歌を読むは、遥《はるか》に尋常に異なり。華《はな》・郭公《ほととぎす》・月・雪都《すべ》て万物の興に向ひても、凡《およ》そ所有相《あらゆるさうこ》是れ虚妄なること眼に遮り耳に満てり。又読み出《いだ》す所の言句は皆是れ真言《しんごん》にあらずや。華を読むとも実に華と思ふことなく、月を詠ずれども実に月とも思はず、只此《ただかく》の如《ごと》くして、縁に随《したが》ひ興に随ひ読み置く処《ところ》なり。紅虹《こうこう》たなびけば虚空《こくう》いろどれるに似たり。白日かゞやけば虚空明かなるに似たり。然《しか》れども虚空は本《もと》明かなるものにもあらず、又色どれるにもあらず。我又此の虚空の如くなる心の上において、種々の風情《ふぜい》をいろどると雖《いへど》も更に蹤跡《しようせき》なし。此の歌即ち是れ如《によ》来《らい》の真の形体なり。されば一首読み出《い》でては一体の仏像を造る思ひをなし、一句を思ひ続けては秘密の真言を唱《となふ》るに同じ、我れ此の歌によりて法を得ることあり。若《も》しここに至らずして、妄《みだ》りに此の道を学ばば邪路に入るべしと云々《うんぬん》。さて読みける。

山深くさこそ心のかよふとも
すまで哀はしらんものかは

僧侶ではないといったことと矛盾するかも知れないが、弘法《こうぼう》大師や伝教《でんぎよう》大師が、仏教を行ずることによって自分の道を切り開いたように、西行には歌をよむことが、彼の「真言」を発見することであった。そういう境地に至るまでには、悩みもし、反省もしたことが、「山家集《さんかしゆう》」の中に心をえぐるような詞となって現れている。

西行は元永《げんえい》元年（一一一八）に生れ、俗名を佐藤義清という北面（院の御所）の武士であった。二十三歳の時に出家して、高野、吉野、熊野《くまの》、伊勢などを巡歴し、東北地方まで行脚《あんぎや》した後、建久《けんきゆう》元年（一一九〇）二月、河内の弘川寺で亡《な》くなった。桜の花を愛し、桜を詠《よ》んだ歌が多い。弘川寺の墓の周辺は、今も桜で埋まっており、不朽の名前を讃《たた》えている。

仏には桜の花をたてまつれ
わが後の世を人とぶらはば

春風の花をちらすと見る夢は
さめても胸のさわぐなりけり

願はくは花の下にて春死なん

そのきさらぎの望月《もちづき》のころ

八十七　寂蓮《じやくれん》法師

村雨《むらさめ》の露もまだひぬ真木の葉に
霧立ちのぼる秋の夕暮

真木は、杉、檜《ひのき》など常緑樹の美称で、真木柱、真木の戸、真木立つ山等々、すぐれて美しい木のことを称した。その二字を一しょにしたのが、槇《まき》の木である。村雨が通った秋の夕暮、すくすくとのびた木の葉末の露が、まだ乾きもせぬうちに、早くも白い霧が山あいを縫いつつ登って行く。静かな風景に自分の心境をたとえた歌である。「新古今集」秋の部に、「五十首歌たてまつりし時」という詞書《ことばがき》があり、建仁《けんにん》元年(一二〇一)二月の歌合に、勝《かち》と判定されている。山中とはっきり断ってはいないが、たとえば京都の西山あたりの、深い山の木立を謳《うた》ったことは明らかである。寂蓮は俗名を藤原定長《さだなが》といい、定家の従兄《いとこ》であった。幼い時から俊成に養われていたが、定家が生れたので、出家をしたといわれている。和歌については非常な自信を持っており、

「新古今集」の選者にもえらばれたが、この歌をよんだ翌年の建仁二年、選歌が完了する以前に入寂した。

「秋の夕暮」を好んで謳ったので、定家・西行と並んで、「三夕の和歌」と称されたが、同じ題のもとに、同じ新古今の調べでも、西行だけが孤独で、自分自身の「秋の夕暮」を見つめていることは注意していい。

さびしさはその色としもなかりけり
槙立つ山の秋の夕暮　　寂蓮

心なき身にもあはれは知られけり
鴫《しぎ》たつ沢の秋の夕暮　　西行

見わたせば花も紅葉もなかりけり
浦の苫屋《とまや》の秋の夕暮　　定家

八十八　皇嘉門院《こうかもんいん》別当

難波江《なにはえ》のあしのかりねのひと夜ゆへ
身をつくしてや恋わたるべき

皇嘉門院は、崇徳院《すとくいん》の皇后で、その後宮に仕えた女房である。女院は藤原忠通《ただみち》の女《むすめ》で、兼実《かねざね》とは異母兄弟であったため、その別当女房として、九条家の歌合にはいつも参加していた。この歌も、「摂政《せつしやう》（兼実）右大臣の時、家の歌合に、旅宿にあふ恋といへる心をよめる」と、「千載集」の詞書《ことばがき》に見え、難波のあたりで旅寝をした時、ひと夜の契《ちぎ》りを結んだことを、一生忘れずに思いつづけているその「心」を謳《うた》っている。

見かけより掛詞や縁語の多い歌で、前述の「難波がたみじかきあしのふしのまも」（伊勢）、「わびぬれば今はた同じ難波なる」（元良《もとよし》親王）などに比べると、同じ主題で詠《よ》んでも、平安前期と後期では、歌の姿が非常に違うことがわかる。「難波」といえば、「蘆《あし》」を連想するのが、家持《やかもち》以来の和歌の伝統であったが、その蘆の「刈根《かりね》」に、仮寝をかけ、「ひと夜」に蘆の一節《ひとよ》をかけている。また、「みをつくし」（澪標―目じ

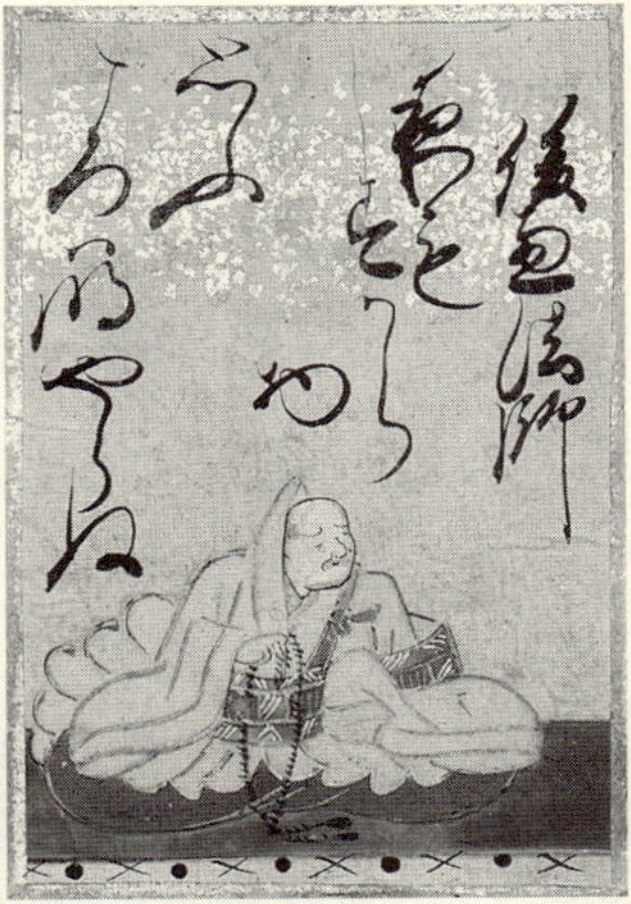
俊恵法師
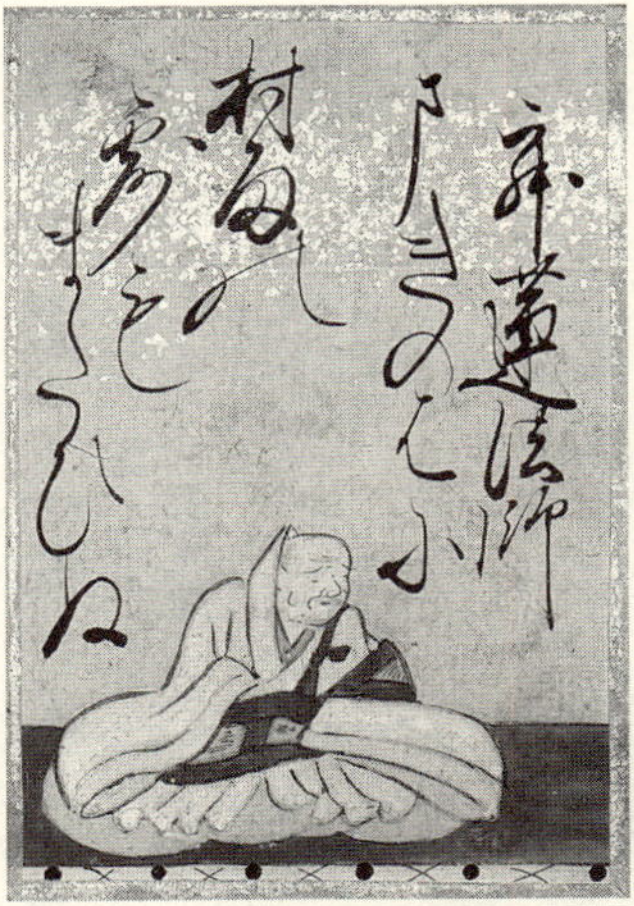
寂蓮法師
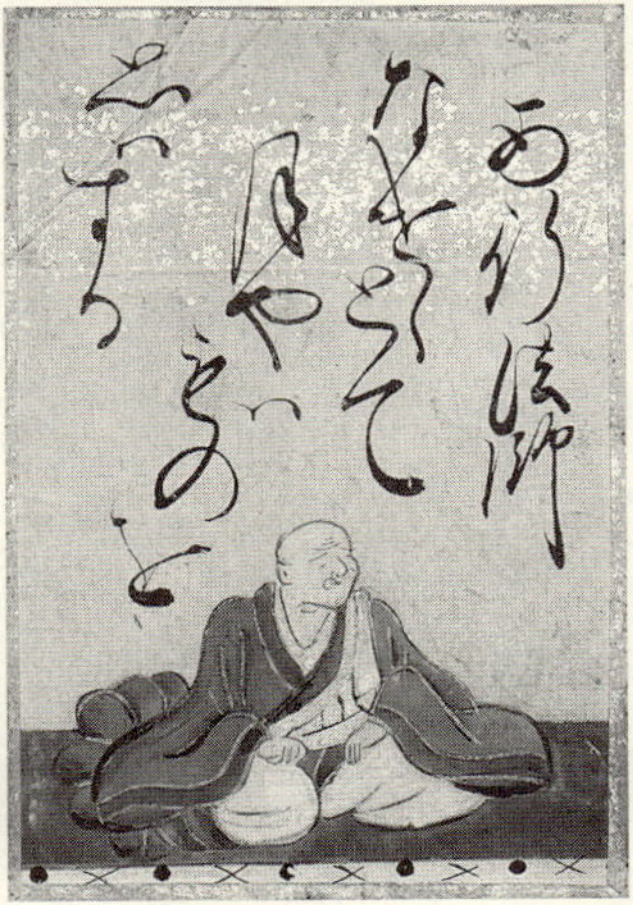
西行法師

皇嘉門院別当

るしの杭《くい》）も難波の名物で、それに身を尽す意味を持たせて、「恋わたる」時間の長さを表現した。短い蘆の一節と、長い一生を対比させたことも、当時の人々には新鮮な発想と思われたであろう。

　それ程技巧が凝らしてあるにも拘《かか》わらず、技巧があらわでない所がいい。この女房は、藤原俊隆《としたか》の女で、皇嘉門院が亡《な》くなられた後、尼になったと伝えるのみで、名前は元より、生年も没年もわかってはいない。が、勅撰集《ちよくせんしゆう》には度々えらばれており、特に百人一首の一人に加えられたことは、彼女にとって名誉なことだったに違いない。いかにも定家が好みそうな歌で、晩年の傾向を知る上に参考になる。

八十九　式子《しよくし》内親王

玉《たま》の緒《を》よ絶えなば絶えね長らへば
忍ぶることのよはりもぞする

　式子内親王と西行法師の作風が似ているといったら語弊があるが、内面的な苦悩を、独自の形で謳《うた》ったところに、何か共通のものが感じられる。似ているのはその点だけで、自然の中に生きた西行が、次第に心を開いて行くのに反して、内親王の想《おも》いは、深い孤独の暗《やみ》に沈澱《ちんでん》し、そこに生活の原理と、和歌の発想を見出《みいだ》している。単に男と女の違いだけではあるまい。賀茂《かも》の斎院という特殊な地位に加えて、持って生れた資質が、内親王を独白の暗室に閉じこめ、忍従の生活の中から、身をよじるような絶唱が生れた。

後鳥羽院は、「ちかき世」の歌よみの中に、この内親王をあげ、「斎院はことにもみもみとあるやうによまれき」といわれている。初句から結句まで緊張した調べで貫いているのは、たしかに「もみもみ」とした姿であり、「忍恋《しのぶこい》」の真髄を表現しているといえよう。こういう歌を前にして、私は説明の言葉もない。ただくり返しよむことを願いたいだけである。

式子内親王は、後白河天皇の第三皇女で、平治《へいじ》元年（一一五九）斎院に卜定《ぼくじょう》され、賀茂の社に十年ほど奉仕し、退下された後は独身のままで終った。

見しことも見ぬ行末もかりそめの
枕《まくら》に浮ぶまぼろしの中　（百首歌）

暁のゆふつげ鳥ぞあはれなる
ながきねぶりをおもふ枕に
（新古今集）

いまはわれ松のはしらの杉の庵《いほ》に
とづべきものを苔《こけ》深き袖《そで》
（新古今集）

「新古今集」の「忍恋」の歌も、百首歌のうちの一つであるが、題詠を詠《よ》んでも、内親王の歌は、深い反省から生れた自己告白の様相を呈しており、「見しことも見ぬ行末も」、私達にとっては永遠の謎《なぞ》でありながら、しかもその生活が身近なものに感じられる。観念の歌が、実に現実的にひびくという不思議な才能の持主である。

そして私達は、又しても斎院という特殊な立場に想いを及ぼすことになるが、同じように神聖な女性でも、かの道雅《みちまさ》の恋人のように、無邪気な方もいられたことだし、一概にそういってわり切れるものではあるまい。

内親王の兄宮は、源三位《げんざんみ》頼政《よりまさ》とともに、平家討伐のために挙兵した以仁王《もちひとおう》で、平等院から落ちる途中、むざんな最期《さいご》をとげられた。のみならず、謀反人《むほんにん》の汚名を着せられたことも、多くの「見しこと」のなかに入っていたに違いない。が、そんなことは、いくら言いたててみたところで、内親王の暗室が明るくなるわけではない。
「明月記《めいげつき》」には、定家がしばしば前斎宮《さきのさいぐう》の御所を訪れたことが見えており、病がちの内親王に心を用い、添削なども行なっていたようである。そこから定家と内親王の仲が噂《うわさ》されるようになった。ある日俊成《としなり》が、定家の邸《やしき》へ行った時、内親王自筆の「玉の緒よ」の歌があるのを見て、定家が心をつくすのは当然だと思い、諫《いさ》めなかったという話まで伝えられるようになった。が、それは百人一首が有名になった後のことで、「玉の緒よ」の歌を知る人は、誰でも内親王の忍恋《しのぶこい》の相手を探したくなったであろう。定家はその恰好《かっこう》の相手であったというだけで、二人の仲を証拠だてるものは、何一つ遺《のこ》ってはいない。

それにも拘《かか》わらず、伝説は伝説を生み、定家の執心は、「定家葛《かずら》」となって、死後までもまつわりつき、内親王を苦しめるという話に発展した。世阿弥《ぜあみ》はその伝説を題材に「定家」の能を書いたという。実は世阿弥の作かどうかも疑わしいが、晩年に佐渡へ流された時、「定家」の能を作り、あまり美しく出来たので赦免され、帰郷することを得たといわれている。

いずこを見ても伝説ならざるはないが、「定家」の能が幽玄の極致を表現していることは事実である。定家の和歌に対する執心も、内親王の「もみもみと」した歌の調べも、「定家葛」の這《は》いまつわる姿に象徴され、内面的な幽玄美を余すところなく語っている。嵯峨《さが》の山荘を訪ねた帰り道に、私は式子内親王のお墓にお参りした。千本《せんぼん》今出川《いまでがわ》から少し東へ入った「般舟院《はんしゅういん》」の一隅にあり、塚の上に小さな五輪の塔が建っているだけの、つつましい墓であった。その塚の、うっそうと繁《しげ》った木立の根元に、鎌倉時代の美しい厚彫りの石仏があるのを見て、私は不思議な感動におそわれた。「まことの姿はかげろふの、石に残す形だに……」という「定家」の能の一節が、ふと浮んだからである。

それは内親王の亡霊が、塚の作り物の前に立ち、石にめりこむような感じに、恋の苦悩を物語る場面である。その瞬間、昔見たお能の名人達の、身心ともに石仏に成り切った姿が目前に現れ、私は慄然《りつぜん》となった。世阿弥はたしかに、この石仏を見ていたに違いない。その記憶をもとに、遠い佐渡ヶ島の寓居《ぐうきょ》で、都をしのびつつ「定家」を作曲したのではないか。たとえそれが全部嘘《うそ》だったにしても、私が見た内親王の亡霊は、偽りのない「まことの姿」であった。石に刻まれ、蔦葛《つたかずら》にさいなまれる、正真正銘の形であった。そして、そのまま塚の中に吸いこまれるように消えた後の、沈黙《しじま》の重さも忘れることは出来ない。「定家」の能に、定家が姿を現さず、憔悴《しょうすい》しきった内親王の、悲恋と懊悩《おうのう》に終始していることも、百人一首の歌の心を、如実《にょじつ》にとらえていると思う。

九十 殷富門院大輔《いんぷもんいんのたいふ》

見せばやなをじまの蜑《あま》の袖《そで》だにも
ぬれにぞぬれし色は変らず

松嶋《まつしま》やをしまの磯《いそ》にあさりせし
海士《あま》の袖こそかくはぬれしか （後拾遺集）

右の歌を本歌にして詠《よ》んでおり、「松嶋や雄島」とつづくのがふつうであるが、枕詞《ことば》がなくても、雄島といえば松島群島の一つをさすようになった。そこに漁《あさ》りする海人《あま》の袖が、びっしょりぬれても色は変らないように、私の心が何で変りましょう、見せてあげたいと詠んだのである。本歌より一歩も二歩も進んで、ただ涙にくれているのではなく、変らぬ心を「見せばやな」といったのが成功している。典型的な本歌取りの形を示しているといえよう。

「千載集」の詞書《ことばがき》には、「歌合し侍《はべ》りけるとき、恋の歌とてよめる」とあり、俊恵《しゆんえ》法師の次に出ているので、或《ある》いは俊恵の歌林苑《かりんえん》で歌合をした時の作ではないかと思われている。

殷富門院は、後白河天皇の第一皇女で、その御所に仕えた女房である。藤原信成の女《むすめ》というだけで、例によって、名前も生没年も不詳であるが、多くの歌合に参加した当代一流の歌人であった。殷富門院と式子内親王は姉妹であったから、その縁によって定家はこの女房をえらんだのであろう。

九十一　後京極《ごきようごく》摂政太政大臣

きりぎりすなくや霜夜のさ莚《むしろ》に
衣かたしきひとりかも寝ん

さむしろに衣かたしき今宵もや
我を待つらむ宇治の橋姫　（古今集）

右の歌と、柿本人丸の「ひとりかもねむ」を本歌にしている。本歌というより、適当にまぜ合せたように見えるが、他人の名句を借りることも、当時は一つの技術として奨励されていた。「新古今集」秋の部に、「百首歌たてまつりし時」という詞書《ことばがき》のもとに出ており、秋の歌に、淡い恋心をそえたところに風情《ふぜい》がある。摂政太政大臣の名にそむかぬ品のよい歌だと思う。

後京極殿は、名を良経《よしつね》といい、嘉応《かおう》元年（一一六九）九条兼実《くじようかねざね》の次男に生れた。先の太政大臣忠通《ただみち》の孫である。風雅の聞え高い貴公子で、歌も書もよくした。土御門《つちみかど》天皇の元久《げんきゆう》二年（一二〇五）、「新古今集」が成った時には、仮名序を書き、翌建永《けんえい》元年三月、何者かによって殺害された。土御門天皇が良経の邸《やしき》へ行幸になるというので、警戒を厳重にしていた時、寝所に賊が忍び入って、槍《やり》でつき殺したという。犯人は捕えられなかったが、それについては様々な説があり、「新古今集」の序を、菅原為長《すがわらのためなが》が書くつもりでいたのを、良経に反対され、その恨みで人に殺させたともいわれている。そんな事件は昔はなかったことで、いかに勅撰集《ちよくせんしゆう》というものが重大視されたかわかるとともに、やがて承久《じようきゆう》の乱が勃発《ぼつぱつ》するきざしのようなものが窺《うかが》われる。

「新古今集」巻一、春の歌の冒頭に、良経の歌が、定家、雅経《まさつね》、家隆《いえたか》の三人によって推薦されており、いい歌なので記しておく。

み吉野は山もかすみてしら雪の
ふりにし里に春は来にけり

九十二　二条院讃岐《さぬき》

わが袖《そで》は汐干《しほひ》にみえぬ沖の石の
人こそ知らねかはくまもなし

「わが袖は（涙に）かはくまもなし」の形容として、「汐干にみえぬ沖の石」といい、その沖の石のように、人は知らないであろうが、いつも涙にくれていると謳《うた》った。「千載集」の詞書《ことばがき》に、「寄石恋《いしによするこひ》といへる心をよめる」とあり、むつかしい題詠を巧みに詠《よ》みこなしている。「沖の石」は一般名詞のように聞えるが、近江《おうみ》の琵琶湖《びわこ》には、「沖の白石」があり、また若狭《わかさ》の常神《つねかみ》半島の海中にも、「沖の石」と称する岩がある。土地ではこの「沖の石」を、讃岐の歌の旧跡としているが、ここでは歌枕《うたまくら》として扱っているのだから、実際に見て詠んだわけではあるまい。

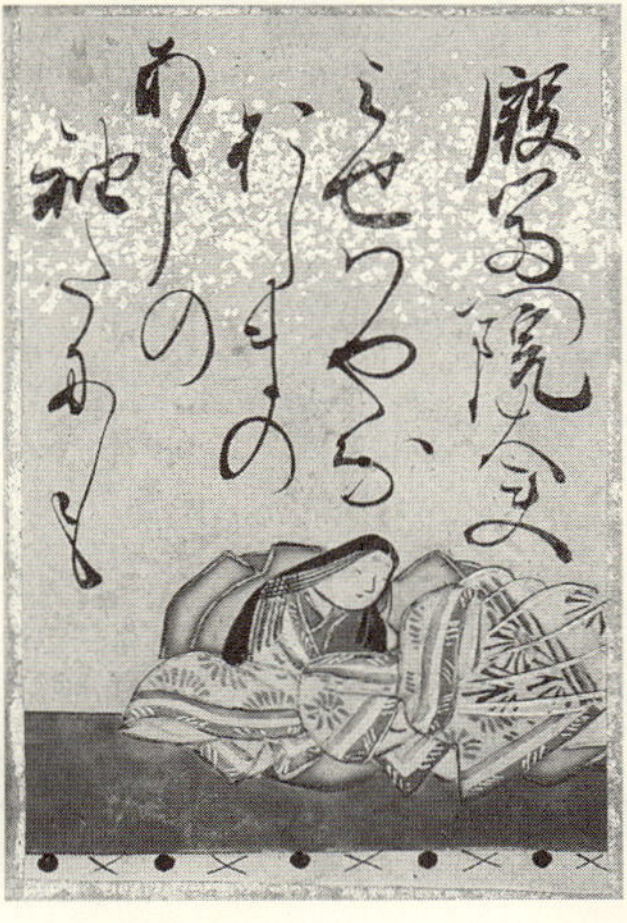

二条院讃岐は、源三位頼政の女《むすめ》で、二条天皇の女房として仕えた。天皇崩御の後、藤原重頼と結婚し、後鳥羽院の後宮にも出仕していた。父頼政とともに、歌の上手として知られ、俊恵法師の歌林苑にも加っていたという。晩年は尼になったが、かなり長生きをしたらしく、「千載集」から「新古今集」へかけて、——ということは、俊成から定家の時代に、活躍した息の長い歌人であった。

この百人一首の歌は特に有名で、「沖の石の讃岐」とも呼ばれていた。定家が頼政の歌を百人一首に入れなかったのは、当時は謀反人《むほんにん》として名前を出すことが憚《はば》かられたのであろう。が、もしかすると娘の方が上手だったので、かわりに讃岐をえらんだのかも知れない。

九十三　鎌倉右大臣

世の中はつねにもがもななぎさ漕《こ》ぐ
あまの小舟の綱手かなしも

鎌倉右大臣は、源　実朝《みなもとのさねとも》のことである。建保《けんぽう》六年（一二一八）、内大臣からかねて望んでいた右大臣に上り、翌七年一月二十七日、鶴岡八幡宮《つるがおかはちまんぐう》において、拝賀之式を終えた後、公暁《くぎよう》のために殺された。二十七年の短い生涯であったが、珠玉のような歌を遺《のこ》している。「新古今集」ができた時、実朝はまだ十四歳で、「新勅撰集《しんちよくせんしゆう》」(文暦《ぶんりやく》二年—一二三五完)に定家は二十五首もえらび、鎌倉幕府へ追従すると悪口をいわれた。が、実朝は既に亡《な》く、政権は北条氏へ移っていたのだから、定家にそんな下心があったとは思えない。

実朝と定家は、ついに会うことはなかったが、実朝は十五歳で定家の門に入り、家来を通じてさまざまの貴重な歌書を贈られた。「吾妻鏡《あずまかがみ》」には、彼が十八歳の時、自作の歌をはじめて師のもとに送り、ひと月の後に返事が来て、「詠歌口伝」を授かったと記してある。それには定家がつねに提唱していた余情艶麗《えんれい》の歌風を論じ、「詞《ことば》は古きを慕ひ、心は新しきを求め、及ばぬまでも高き姿を願ひて、寛平《くわんぴやう》以往の歌にならはば、おのづからよろしきことも、などか侍《はべ》らざらむ」とあり、定家がいかに若い弟子に嘱目《しよくもく》していたか、また実朝がどんなに感喜したか、想像するにかたくはない。

その後、実朝は師の教えを守って、万葉・古今の「古きを慕ひ」、新古今の「新しきを求め」て、和歌の道に精進した。が、天性の資質というものは恐しい。それに加えて、実朝をおそった数々の悲劇が、若き将軍を孤立させ、孤立することによって、独特の境地を開いて行った。実朝がそういうことを自覚していたのではない。ひたすら師匠を崇《あが》め、都ぶりの歌に心酔しつつ、なおかつ定家の余情艶麗とも、万葉・古今の調べとも異なる独自の風格を得るに至った。

もののふの矢並《やなみ》つくろふ籠手《こて》の上に
霰《あられ》たばしる那須《なす》の篠原《しのはら》

箱根路をわが越えくれば伊豆の海や
沖の小島に波の寄るみゆ

「愚見抄《ぐけんしょう》」は、この二首を例にあげ、「さて鎌倉右府の歌さま、おそらく人丸・赤人をもはぢがたく、当世不相応の達者とぞ覚え侍る」といい、「万葉集の中にかをまじへたりともよもはばからむ」と絶讃《ぜっさん》した。「愚見抄」は、定家の書ともまたそうでないともいわれているが、当時の人々の評価を知る便りにはなる。そこでは人丸・赤人に匹敵するだけでなく、「万葉集」の中に入れても恥しくないと褒めているが、万葉の調べに似ているとはいっていない。おそらく定家も同じように考えていただろう。

この批評家は、実朝の中にまったく新しい歌の魂が生れるのを見、和歌の生命が復活することを感じていたのではないか。「新勅撰集」に多くの歌をえらんだのも、沈滞していた都の歌壇への無言の警告であったかも知れない。

実朝は建久《けんきゅう》三年（一一九二）八月九日に生れ、幼名を千幡《せんまん》といった。その時の頼朝《よりとも》の喜びはひとかたではなく、部下の諸将の前に千幡を抱いて現れ、末長く忠節を誓わせたと伝えている。鎌倉幕府がようやく安定し、後顧の憂《うれ》いがなくなった時に、男児の誕生を見たことは、一族郎党にとっても大きな喜びであったに相違ない。が、千幡が八歳になった時、頼朝は不慮の災難に会い、突然この世を去った。実朝の不幸はその時にはじまる。二代将軍頼家は、北条氏に惨殺《ざんさつ》され、千幡は十二歳で将軍に立つ。実朝の名は、その時朝廷から賜ったのである。

それからの日々は陰惨なものだった。頼朝の輩下達は次から次へと殺され、一番頼りにしていた和田義盛まで、将軍の名において、憤死せしめるに至った。その悲劇は想像するに余りある。そして、北条氏の残忍な手が、いつかは自分の身にもおそいかかることを、敏感な実朝がよみとらなかった筈《はず》はない。実朝だけでなく、周囲の人々はみな予感していたと「吾妻鏡」は記している。悲惨な事件が起る朝、側近の者はそれとなく注意したが、実朝はうけがわず、鬢《びん》の毛をぬいて、家来に与え、一首の歌を詠《よ》んだという。

出《い》デテイナバ主ナキ宿ト成《なり》ヌトモ
軒端《のきば》ノ梅ヨ春ヲワスルナ

菅原道真の「東風《こち》吹かば」の歌を真似《まね》たようで、実朝の作とは信じがたいが、せめてまずい腰折れでも、主《あるじ》の霊に手向けたいと念《おも》うのが、幕府の侍達の真情であったろう。実朝の歌は全部が全部美しいとはいえないが、辞世にこんな凡庸な歌を詠んだとは考えられない。それに二十二歳を最後に、あんなに好きだった歌を一つも詠まなくなったというのだから、黙々と自分の宿命に従ったと私は思いたい。見ようによって彼の歌は、——少くともその中のいくつかは、私には辞世の句のように思われてならない。彼にとっては、その日その日が、薄氷を踏む想《おも》いに明け暮れたのではなかろうか。

紅のちしほのまふり山のはに
日の入る時の空にぞありける

萩《はぎ》の花くれぐれまでもありつるが
月出でて見るになきがはかなさ

大海の磯《いそ》もとゞろによする波
われてくだけてさけて散るかも

百人一首の歌もその例に洩《も》れない。実朝の清澄《せいちょう》なまなざしは、どんな想いで海人《あま》のあやつる小舟を見つめていたことか。今まで私は現代語訳を極力さけて来たが、ここでは大体の意味さえ述べることは不可能に思う。私が思うのではなく、実朝の歌がそれを拒絶する。途方に暮れた私の目の前には、夕暮の渚《なぎさ》を往《ゆ》く舟のそこはかとない姿が浮び、潮騒《しおさい》にまぎれて艪《ろ》のきしむ音が、かすかに聞えるのみである。

九十四　参議雅経《まさつね》

みよしのの山の秋風さよふけて
故里《ふるさと》さむく衣うつなり

「新古今集」の詞書《ことばがき》に、「擣衣《たうい》のこころを　藤原雅経」とあり、衣を擣《う》つとは砧《きぬた》のことを意味した。砧といえば、漢の武帝の時に、蘇武《そぶ》が匈奴《きようど》に捕えられ、故郷に残った妻子が、夫の身の上を思いやり、砧を打って慰めていたが、その衣を打つ音が、万里をへだてた蘇武の夢にとどいたという中国の故事が思い出される。雅経もその故事をふまえて、秋の夜寒にひびいて来る砧の音の、寂しい気持を謳《うた》ったに違いない。歌の調べが、砧の音のようにかそけく、さむざむと聞えるのが美しい。

雅経（一一七〇――一二二一）は、藤原頼経の次男で、俊成の弟子であった。後鳥羽院に召されて、定家や家隆等とともに、「新古今集」の撰者《せんじや》になり、かたわら蹴鞠《けまり》もよくした。飛鳥井《あすかい》家という蹴鞠の元祖として知られているが、和歌・管絃《かげん》その他の遊びでも、このころから流派が出来て分れて行く。単に時代の風潮というより、武家に政権が移って以来、公家の生活が苦しくなった為《ため》で、後々までも多くの弊害を残すことになった。逆に考えれば、そういう「家」があったから、細々ながら平安朝の文化が伝承されたともいえよう。

雅経はたびたび鎌倉へも下向した。はじめは頼家の蹴鞠の師として、後には実朝の和歌の友として招かれたが、鴨長明《かものちようめい》を紹介したとも、同道したともいわれている。実朝二十歳前後のことで、憂悶《ゆうもん》にとざされた心に、どんなに大きな慰めとなったかわからない。百人一首をえらんだ時、二人は既にこの世の人ではなかったが、定家はそういうえにしを思いやって、実朝の次に雅経を置いたのではなかろうか。

九十五　前大僧正慈円《さきのだいそうじようじえん》

おほけなく浮世の民におほふかな
我が立つ杣《そま》に墨染《すみぞめ》の袖《そで》

慈円僧正は、藤原忠通《ただみち》の子で、九条兼実《かねざね》の弟である。久寿《きゆうじゆ》二年（一一五五）に生れ、父親が亡《な》くなった後、十一歳で比叡山《ひえいざん》に入った。「愚管抄《ぐかんしよう》」の著者として有名だが、その中で「保元以後ノコトハミナ乱世ニテ侍《はべ》レバ、ワロキ事ノミニテアランズル云々《うんぬん》」と書いており、その「ワロキ事ノミ」の乱世に人と成った彼は、ふつうの貴族出の僧侶《そうりょ》とはちがって、真剣に修行に専心した。入山すると、直ちに「千日行」を志し、行者の修行場である無動寺で、苦行の生活に入ったという。当時は武家の間ばかりでなく、比叡山でも学僧と堂衆の争いが絶えず、修行中の慈円を悩ましたが、十二年の籠山《ろうざん》が満願になった時、はじめて山を降りて、兄の兼実に会い、隠居をして退きたいと打ち明けた。世間にも叡山にも絶望していたに違いない。

それより西山の善峯《よしみね》に入って、自力で修行をつづけたが、なおあきたらず、無動寺の奥の院ともいうべき比良山《ひらさん》の奥、葛川《かつらがわ》明王院に籠《こも》り、日夜荒行に専念した。或《ある》いは滝に打たれ、或いは断食《だんじき》を行いつつ、比良の山中を彷徨《ほうこう》したのであろう。そうしたある日のこと、不動明王の出現を感得し、心機一転、みずから仏教興隆の器であることを自覚し、再び都へ還《かえ》って来た。ちょうどその頃、兼実は頼朝の推挙によって摂政《せっしょう》となり、つづいて慈円も天台座主《ざす》に推された。建久三年（一一九二）十一月のことである。

その後、政変が起る度に、四度も天台座主になったが、九条摂政家の一員として、政治に関与する機会も多かった。が、あくまでも慈円は僧侶であり、仏法のためにつくすかたわら、当代一流の教養人として、和歌の世界でも活躍した。各方面にわたる円満な知識人であった彼は、定家とはちがって、実朝のように柔弱な人間は許せなかった。「愚管抄」の中で、頼朝のことは「昔今有難キ器量ニテ、ヒシト天下ヲシヅメタリ」と褒めているのに反して、「マタオロカニ用心ナクテ、文ノ方アリケル実朝ハ、又大臣《おとど》ノ大将ケガシテケリ」と不肖の子であったように記している。

「おほけなく」の歌も、慈円の生い立ちを知った上で味わう必要がある。この歌は、「千載集」雑の部に、「題知らず」としてのっており、自分は墨染めの衣に身をやつしている一介の僧にすぎぬのに、身分不相応な尊敬を、浮世の人々からうけることよ、と卑下した歌で、比較的若い頃の作である。仏道に精進している若々しい気負いが感じられ、卑下はしてもさすがに堂々とした歌風で、天台宗をしょって立つ気概にあふれている。

「我が立つ杣」という詞《ことば》は、伝教《でんぎょう》大師の、

阿耨多羅三藐三菩提《あのくたらさみやくさぼだい》の仏たち
我が立つ杣に冥加《めか》あらせたべ

から出ており、もとは「自分の修行する山」という程の意味であるが、後に比叡山を象徴する熟語となった。慈円には「我が立つ杣」を詠《よ》んだ歌が多く、伝教大師の後を継ぐものとして、かつは摂関家の子孫として、絶大な責任感と自信にみちた人間であったことを示している。

九十六　入道前太政大臣《さきのだじょうだいじん》

花さそふあらしの庭の雪ならで
ふり行くものは我身なりけり

花ふぶきを雪に見たて、目前の落花に自分の老いて行く姿をたとえた歌で、美しい花と老いの嘆きを対照的に謳《うた》っている。それはそのまま豪奢《ごうしゃ》な生活を送った大臣《おとど》の実感であったに違いない。「新勅撰集」の詞書《ことばがき》には、ただ「落花をよみ侍《はべり》ける」としてあり、入道前太政大臣は、藤原公経《きんつね》（一一七一―一二四四）のことである。

公経は頼朝の妹　婿《いもうとむこ》、一条能保《いちじょうよしやす》の女《むすめ》を夫人にしていたので、鎌倉幕府とは親密な間柄にあった。承久《じょうきゅう》の乱の後、太政大臣に推されて権勢並ぶものなく、衣笠山《きぬがさやま》の麓《ふもと》に別《べっ》

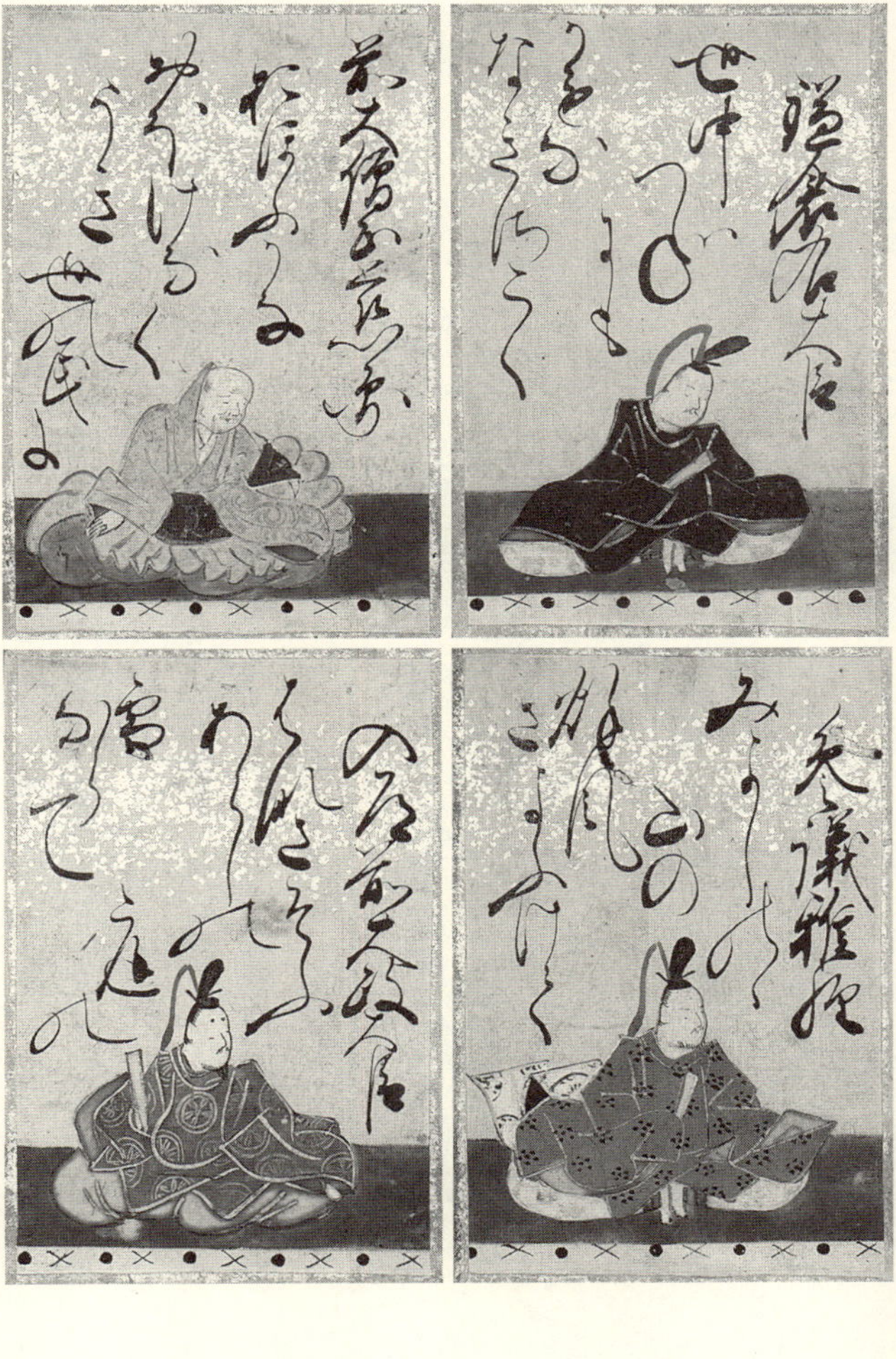

業《ぎよう》を造営し、西園寺《さいおんじ》を建立《こんりゆう》した。現在の金閣寺の前身で、西園寺家の祖先である。「増鏡」内野の雪には、その間の事情がくわしく語られている。

太政大臣《おほきおとど》そのかみ夢み給《たま》へることありて、源氏の中将（光源氏）わらはやみまじなひ給ひし、北山のほとりに、世に知らずゆゆしき御堂《みだう》を建てて、名をば西園寺といふめり。この所は伯三位資仲（神祇官《じんぎくわん》仲資）の領なりしを、尾張《をはり》の国松枝といふ荘《しやう》に換へ給ひてけり。もとは田畑など多くて、ひたぶるに田舎めきたりしを、更にうちかへしくづして、艶《えん》なる園に作りなし、山のたたずまひ木深く、池の心ゆたかに、わたつみをたたへ、嶺《みね》より落つる滝のひびきも、げに涙催しぬべくて、心ばせ深き処《ところ》の様なり。

という贅《ぜい》をつくした別荘であった。その庭の中に本堂を建てて、西園寺と称し、周囲に多くの堂塔を造って、それぞれに本尊を安置した。供僧《ぐそう》は紅梅の衣に、袈裟《けさ》や数珠《じゆず》まで同じ色にするといった工合で、山には桜の木をたくさん植えて賞翫《しようがん》したと伝えている。

山桜峯《みね》にも尾にも植ゑおかむ
見ぬ世の春を人やしのぶと

「花さそふ」の一首も、そういう情景の中で詠《よ》んだものに違いない。桜はずい分好きだったらしいが、同じように自分の亡《な》き後のことを詠んでも、西行法師が「仏には桜の花をたてまつれ」といったのとは、格段の相違がある。

寛喜《かんぎ》三年（一二三一）、公経は出家して法名を覚勝といい、百人一首が出来た頃は未《ま》だ存命であった。その後、南北朝の乱などで、西園寺は衰微したが、後に足利義満《あしかがよしみつ》がゆずりうけて、鹿苑寺《ろくおんじ》を建てたのは周知のとおりである。今「金閣」のそびえ立つ鏡湖池《きょうこち》は、かつて「池の心《のこ》ゆたかに、わたつみをたたへ」た西園寺の旧苑地《えんち》で、所々に鎌倉時代の手法が遺っていると聞く。

公経の姉は、定家の妻で、西園寺家から一族は多くの庇護《ひご》をうけていた。百人一首ばかりでなく、「新勅撰集」にも定家は公経の歌を三十首えらんだが、一流の歌人とみていたことがわかるとともに、日頃の恩誼《おんぎ》も感じていたに相違ない。

九十七　権中納言《ごんちゅうなごん》定家

来ぬ人をまつほの浦の夕なぎに
やくやもしほの身もこがれつつ

百人一首の選者として、今まで詠《よ》んだ無数の歌の中から、ただ一首をえらぶことは、非常にむつかしい事だったに違いない。それだけに晩年の定家の心境がうかがわれると同時に、殆《ほと》んど歌を詠まなくなった人の公平な判断を知ることが出来る。

この歌は見かけよりずっと手のこんだ作で、「松帆の浦」に、待つをかけ、海人《あま》の塩焼く煙に、身をこがす思いを重ねている。夕凪《ゆうなぎ》の静けさと、人を待つ焦燥感を対照的に謳《うた》いあげ、言外に恨めしく悲しい気持まで籠《こ》めてある。「西行は歌よみだが、定家は歌をつくる」といわれた所以《ゆえん》であるが、ただの技巧的な歌とはいえまい。掛詞《かけことば》や助詞を駆使しただけではなく、定家が信じていた「万葉集」の長歌から、本歌取りまで行なってみせている。別言すれば、定家のすべてがこの一首に圧縮されているといっても過言ではない。

（神亀《じんき》）三年丙寅《ひのえとら》秋九月十五日、播磨国印南郡《はりまのくにいなみの》に幸《いでま》しし時に、
笠朝臣金村《かさのあそみかなむら》の作れる歌一首
名寸隅《なきすみ》の　船瀬ゆ見ゆる　淡路島　松帆の浦に　朝凪に　玉藻《たまも》刈りつつ　夕凪に
藻塩焼きつつ　海少女《あまをとめ》　ありとは聞けど　見に行かむ　縁《よし》のなければ　大夫《ますらを》の
情《こころ》は無しに　手弱女《たわやめ》の　思ひたわみて　徘徊《たもとほ》り　われはぞ恋ふる　船楫《ふなかぢ》を無み
（万葉集）

「名寸隅」は現在の明石のあたりで、淡路島には今でも「松帆の浦」という所がある。そこに美しい海人少女がいると聞いたが、訪ねて行く手立てがないので、大の男が手弱女のように、思い乱れているという歌で、定家はおそらくそこに余情と妖艶《ようえん》の原型を見、同じ心を短歌の形に詠んだのであろう。「藻塩焼く海人」という詞は、既に定着していた観念であり、「源氏物語」須磨の巻の情趣を背景にしている。そういう歴史と教養の上に成立った歌で、定家にとっては会心の作だったに違いない。それ程多くのことを詠みこんでいるわりに、うるさく聞えないのは、古典の知識と和歌の技術が、分ちがたく身についていたからだと思う。

応保《おうほう》二年（一一六二）、定家は藤原俊成《としなり》の子に生れた。関白道長の六男、長家より御子左家《みこさ》（みこひだりとも訓《よ》む）を称し、俊成はその四代目に当る。定家が生れたのは、保元・平治の乱の直後で、源平の合戦につづいて、鎌倉幕府の成立、承久の乱、という目まぐるしい転換期に生きた。治承四年（一一八〇）、十九歳の時から「明月記《めいげつき》」を書きはじめ、「紅旗征戎《せいじゆうわ》吾ガ事ニ非《あら》ズ」といって、和歌の道に専心することを心がけている。はじめは俊成の幽寂の境地を志したようで、有名な「見わたせば花も紅葉もなかりけり」の歌は、二十五歳の時の作である。

百人一首の歌は、「新勅撰集」の詞書に、「建保六年（一二一八）内裏歌合　恋歌」としてあり、最晩年の作である。最晩年というのは、定家は四十五歳以降は、殆んど歌をよまなくなったからで、歌人としての生命が終っていたという意味である。ふつうの人々とは逆に、幽玄・有心の境地から、色気のある歌へ転じて行ったのは面白い。余情・妖艶の歌風は、理論から出たものではなく、つまり頭で考えたものではなく、持って生れた資質であることを、定家は熟練するにつれて発見して行った。が、「明月記」に見る彼の生活は、およそ余情・妖艶とは程遠いもので、病気がちで、我が強く、極めて不愉快な人間である。歌人には往々にしてそういう性格の人がいるものだが、自分とは正反対の美しいものに、理想の姿を見るのであろうか。

後鳥羽院も、はじめは定家の才能を愛し、定家の方でも感涙にむせんでいたが、次第にその仲は疎遠《そえん》になって行く。建仁《けんにん》元年（一二〇一―四十歳）、院の熊野御幸《くまのごこう》にお供した時には、泊り泊りの王子で、歌合があり、白拍子《しらびようし》や琵琶法師《びわほうし》を呼んで酒宴が催されたので、ほとほと参ったようである。その時一行の詠んだ歌が、かの有名な「熊野懐紙《かいし》」であるが、連日の雨と寒さと、険しい山道に、定家は疲労困憊《こんぱい》し、「窮屈病気ノ間、毎事夢ノ如《ごと》シ」、「咳病《がいびやう》又発ス。心神甚ダ悩ム」などと終始不機嫌であった。

それから三年目の元久《げんきゆう》元年十一月、俊成は九十一歳の高齢でなくなったが、定家は既に歌道の第一人者であり、翌二年には、「新古今集」が完成する。完成した後も、後鳥羽院は度々切り継ぎをされ、自信の強い定家をいらだたせた。それを機に二人の間はいよいよ険悪になり、やがて承久の乱が勃発《ぼつぱつ》する。

かねてから幕府側の九条兼実や慈円僧正と親しく、その上実朝との縁故もあって、定家は後鳥羽院の敗北に何の同情も示さなかった。院が隠岐《おき》へ遷幸《せんこう》になった後も、文の一つも送らなかったという。定家が歌を詠まなくなったのは、後鳥羽院と不和になった頃からで、二人の関係は不思議な因縁で結ばれていたように思われる。「後鳥羽院御口伝」には、そういう定家の性格をあからさまに批判されている。

定家は左右なきものなり。さしも殊勝なりし父の詠をだにも、あさあさとおもひたりしうへは、まして余人の哥《うた》さたにも及《およば》ず。やさしくもみもみとあるやうにみゆるすがた、まことにありがたくみゆ。道に達したるさまなど殊勝也《なり》き。哥見知りたる景気ゆゆしげなり。ただし引級《いんきふ》(弁護)のこころになりぬれば、鹿《しか》を馬とせしがごとし。傍若無人ことはりに過たりき。他人のこと葉を聞《きく》に及ばず。惣《そう》じて彼卿《かのきやう》が歌存知の趣、いささかも事により、折によるといふことなし。又ものにすきたるところなきによりて、我哥なれども、自《じ》讃哥《さんか》にあらざる哥をよしなどいへば、腹立の気色あり。

批判はここで終るわけではない。我の強い定家は、いつも自分の歌を自慢し、他人を誹謗《ひぼう》していたこと、またその歌については、巧《うま》いことは巧いが、「ただことば姿の、えんにやさしきを本躰《ほんたい》とせる間、其骨《そのほね》すぐれざらん」と、いわば骨ぬきの歌であったと手厳しい。

「後鳥羽院御口伝」は、遠島のつれづれに、都を懐《なつか》しみつつ執筆されたと思うが、誰にも遠慮することなく本音を吐かれているのが面白い。定家のことも、はじめは褒めている中《うち》に、だんだん激昂《げっこう》されて行く様子が目に見えるようである。それ程定家は、後鳥羽院にとって、強力な存在であったことを示しており、定家も院のことを同じように感じていたのではなかろうか。

百人一首を頼まれた時、定家は字がまずくて羞《はずか》しいと卑下しているが、その人間に似て、癖の強い、個性的な書体である。だが、けっしていやな字ではない。眺めていると、乱世に生きた教養人の、人にはいえぬ辛《つら》さが感じられ、むしろ美しい書のように思われて来る。定家が歌を捨てて、古典の研究と評論に力をつくしたのは、最後の歌人という自負と自覚のもとに、和歌の正道を伝えようとしたのではあるまいか。彼は自分の息子達を、少しも信用してはいなかった。事実、為家は、父の残影を追うばかりで、自分の歌を謳ってはいない。俊成に抵抗した定家とは雲泥の相違である。偉人の遺族は時に害毒を流すもので、為家によって、定家は次第に神格化され、世間の人々もそれに追従した。そういうきざしは既に生前から現れており、老いた歌人にとっては、辛いことであったに違いない。

百人一首はそういう時に生れた。和歌を作らなくなってから、定家は連歌に興味を持っていたらしいが、その影響が現れていることは既に述べた。その他、人間関係や季節感にも細心の注意をはらっており、私心を交えずえらんだことを私は疑わない。百人一首のいわば思想ともいうべきものが、自作の一首に籠《こ》められていることも、私は書いてみてはじめて知った。「来ぬ人をまつほの浦の夕なぎに」は恋歌ではない。未来に絶望しつつ、なお一縷《いちる》の望みを抱いて、歌道に心を砕いていた人の、身を焼くような告白の詞である。

九十八　従二位家隆《じゆにいいえたか》

風そよぐならの小川の夕暮は
御祓《みそぎ》ぞ夏のしるしなりけり

定家と家隆は、万葉時代の人麻呂・赤人のように、「新古今集」を代表する双璧《そうへき》であった。定家が技巧的な歌を作ったのに対して、家隆は自然観照にすぐれ、のびのびした歌をよんだが、人間も正反対の性格であったらしい。若い時、西行法師にみとめられ、秘蔵の歌合二巻を与えられた話が、「古今著聞集《ここんちよもんじゆう》」にのっているが、世に出たのは定家よりはるか後で、四十歳前後のことである。

家隆卿《きやう》は、わかかりしおりはいときこえざりしかど、建久のころほひより、ことに名誉も出来《いでき》たりき。哥になりかへりたる様、かひがひしき秀歌ども、読みあつめたるおほさ誰にもまさりたり。たけもあり、心もめづらしくみゆ。

（後鳥羽院御口伝）

といわれているように、誰よりも多くの秀歌を遺《のこ》し、品がよくて、新鮮な歌を詠《よ》んだ。西行には先見の明があったといえよう。が、若い時にぜんぜん詠まなかったわけではなく、詠んだから西行の眼にもとまったので、三十歳の時の「千載集」の歌には、既に「たけもあり、心もめづらしくみゆ」る歌風に近いものが見られる。

さえわたる光を霜にまがへてや
月にうつろふ白菊の花

それから十五年の後に家隆は、定家と並び称される歌人に成長していた。建仁元年（一二〇一）七月、後鳥羽院が和歌所を設置された時には、良経、慈円、俊成、定家等とともに、寄人《よりうど》に召され、「新古今集」の選者にも加えられている。家隆はその時既に四十八歳で、定家より四年の年長であった。

その歌からも推察されるように、家隆は温厚な人物で、さすがに定家もこの人とは争わなかったようである。家隆の方でも、定家を尊敬していた。ある時、後鳥羽院が家隆を召して、当時の歌よみの中で、もっとも勝《すぐ》れた人をありのままにいうように仰《おお》せられたが、家隆はいずれとも定めがたいと中々返答をしない。性急な院が、「いかにいかに」とつめよると、懐中からたとう紙を落して、そのまま出て行ってしまった。そみると、「明《あけ》ば又秋の半《なかば》も過ぬべしかたぶく月のをしきのみかは」と書いてある。それは定家の歌であった。「かかる御尋《おんたづね》あるべしとは、いかでかしるべき。ただ元より面白くおぼえて書付てもたれけるなめれ」(今物語《いまものがたり》)と伝えている。

定家にはあり得ないことで、いかにも王朝人らしい優雅な振舞である。後鳥羽天皇と定家の間にあって、両方とも巧《うま》く付合うことが出来たのは、彼の生れつきによるのだろうが、心の優しい人間であったことは確かである。後鳥羽院が隠岐へ遷幸《せんこう》された後も、定家は見向きもしなかったのに、家隆は度々文を送り、はるばる隠岐へおもむいたともいわれている。「増鏡《ますかがみ》」藤《ふじ》ごろもの巻には、嘉禎《かてい》二年(一二三六——一説には三年)隠岐で「遠島御歌合」が行われた時、「家隆の二位も、今とて生ける思ひ出に、これをだにと、あはれにかたじけなくて、こと人々の歌ども、ここよりぞ、とり集めてまゐらせける」とあり、院の御心を慰めるためにさまざまに心をくばった。嘉禎二年といえば、百人一首が成った頃で、偶然の一致とはいえないものがあると思う。

我こそは新島守《にひしまもり》よ隠岐の海の
あらき浪風《なみかぜ》心して吹け

後鳥羽院がこの絶唱をものされたのは、「遠島御歌合」の時で、「われこそはと云《いふ》肝要なり、家隆卿隠岐国へ参り、十日ばかりありて帰らんとし給《たま》ふに、海風吹帰りがたければ、我こそ新しま守となりて有共、など科《とが》なき家隆を浪風心して都へかへされぬとぞあそばしける。されば俄《にはか》に風しづまりて、家隆卿都へ帰られしとなり」という注釈が加えられている。もしそれが事実とすれば、家隆は既に八十歳に近く、非常な苦労をして隠岐へ渡航したに違いない。たとえそれが真実でなくても、後鳥羽院と深い友情で結ばれていたことはわかるのである。

というわけで、定家とは何もかも正反対の人物であった。後に正徹《しょうてつ》が「家隆は、詞《ことば》ききて、さつさつとしたる風骨をよまれしなり。定家は執しおもはれけるにや」と評したのは当を得ている。「さつさつ」は颯々であろうが、百人一首の歌にも、涼風に吹かれているような爽《さわ》やかな趣きがある。「ならの小川」は、上賀茂神社の片岡山の麓《ふもと》を流れるせせらぎで、本殿の方から流れて来る御物忌《おものい》川と、西から来る御手洗《みたらし》川が、橋殿のあたりで合流する。そこで六月末に行われる「夏越《なごし》の祓《はらへ》」の神事を詠んでおり、暑さを忘れるような清々《すがすが》しい調べである。「明月記」に「今度ノ宜《よろ》シキ歌、唯水無月《ただみなづき》祓《ばらへ》許リ《ばか》尋常也《なり》」と評しているのがそれで、今も六月三十日の夜に、みそぎの神事が行われている。

この歌は、「新勅撰集」夏の部に、「寛喜《くわんぎ》元年女御入内の屛風《びやうぶ》」の詞書のもとに出ており、女御は前関白藤原道家の女《むすめ》で、後堀河天皇の中宮である。屛風歌は、十二ヵ月の風物を描いた屛風絵に、それに因《ちな》んだ和歌を詠むことをいい、この場合は一月に三枚ずつ、都合三十六枚という豪華なものであった。家隆があらかじめその屛風歌を定家に見せたことが、「明月記」に記してあり、今度の歌は一つも傑作がないといった後で、「風そよぐ」の歌だけは「尋常也」と評している。その時、定家も同じ月の屛風歌に、

夏衣おりはへてほす河波を
みそぎにそふるせぜのゆふしで

と詠んだが、何となく気のない歌で、問題なく家隆の方がすぐれていると思う。
家隆はその時七十二歳で、八年後の嘉禎三年（一二三七）四月九日、八十歳で亡《な》くなった。「古今著聞集」には、臨終が近づいたことを知り、天王寺に参籠《さんろう》して、念仏を唱えながら、心静かに往生をとげたという。

契《ちぎ》りあればなにはの里にやどりきて
浪《なみ》の入日を拝みつるかな

以下、七首の辞世を遺したが、阿弥陀如来《あみだにょらい》の来迎《らいごう》を拝むのだからといって、わざと本尊は置かなかったと伝えている。頃は卯月《うづき》のはじめつかた、極楽の東門に向う天王寺において、入日を拝みつつ、日想観《にっそうかん》往生をとげたのは、家隆にふさわしい幸福な最《さい》期《ご》であった。

九十九　後鳥羽院《ごとばいん》

人もをし人も恨めしあぢきなく
世を思ふゆゑに物思ふ身は

後鳥羽院は高倉天皇の第四皇子で、寿永《じゆえい》二年（一一八三）わずか四歳で受禅された。時は平家討伐の最中であり、後白河法皇の銓衡《せんこう》によって、三種の神器もないままの早急の即位であった。その時の模様を「平家物語」は左のように伝えている。

——高倉院には、安徳天皇のほかに、三人の皇子があった。二の宮は、皇太子に立てるつもりで、平家が西国へお連れしたが、三、四の宮は都に止《と》どまっておられた。寿永二年八月、後白河法皇がこの宮達をお傍へ迎え、先《ま》ず五歳になる三の宮（惟明《これあきら》）に、「これへ〳〵」と仰《おお》せになると、法皇を見てひどくむずかったので、直ちに下らせておしまいになった。四の宮（尊成《たかひら》）は四歳であったが、おめず臆《おく》せず法皇のお膝《ひざ》の上にあがり、懐《なつか》しそうに抱かれていられるので、法皇は涙を流して喜ばれ、故院（高倉天皇）の幼い時に少しも変らない、これこそまことの孫であると仰せになり、

直ちに践祚《せんそ》がきまったという。（山門御幸）

事実はそんな簡単なものではなかったと思うが、後鳥羽院が幼い時から積極果敢な性質であったことはわかる。やがて平家は西海に滅び、頼朝《よりとも》が天下を平定して、久しぶりで都にも春がおとずれた。後白河法皇の院政のもとに、幼い天皇はすくすくと成長され、和歌や管絃《かげん》の道に頭角を露《あらわ》し、ことに武芸には熱心であった。法皇が他界された後は政務に専心し、模範的な天皇であったらしいが、在位十五年で、突然位を土御門《みかど》天皇にゆずられた。後鳥羽院はまだ十九歳で、新帝は四歳である。この唐突な譲位は、意外な感じを世間の人々に与えたが、多芸多才な後鳥羽院にとって、天皇の位はむしろ窮屈なものであったと思われる。譲位の後は、水を得た魚のように、自由な生活を楽しまれ、鳥羽・白河の離宮を修理して、しばしば御幸になった。中でも水無《みな》瀬《せ》の宮は、心の行くまで美しく造りなし、四季折々の御遊《ぎよゆう》には、男山《おとこやま》から淀川《よどがわ》を見はるかす眺望を、群臣とともに賞翫《しようがん》されるのであった。

かやぶきの廊・渡殿《わたどの》など、はるばると艶《えん》にをかしうせさせ給《たま》へり。御前の山より滝おとされたる石のたたずまひ、苔《こけ》深きみ山木に枝さしかはしたる庭の小松も、げにげに千世をこめたる霞《かすみ》の洞《ほら》なり。（増鏡　おどろの下）

今、水無瀬神宮のあるあたりが、その離宮跡といわれているが、昔私が訪ねた頃は、淀川のほとりの静かな田園で、谷崎潤一郎の小説『蘆刈《あしかり》』の舞台にもなった。

秋とのみたれおもひけん春がすみ
霞める空のおぼろなる月

水無瀬の宮での生活は、後鳥羽院の和歌を見違えるほど発展させたようである。それから五年後の元久二年（一二〇五）には、「新古今集」が一応完成し、後の世の語り草となった美しい歌が誕生した。

見わたせば山もとかすむ水無瀬川
夕べは秋と何思ひけむ

あきらかに前の歌を元にして詠《よ》んでいられるが、一段とこまやかな調べに成熟し、俊成・定家の影響をはなれて、独自の歌風を確立されたことを物語っている。後鳥羽院の前半生は、「春の詩人」といえると思うが、その生活も順風に帆をあげる如《ごと》き颯《さつ》爽《そう》としたものであった。

おく山のおどろの下をふみわけて
道ある世とぞ人に知らせむ

増鏡「おどろの下」の題名は、この御製から出ているが、若々しい帝王の気概にあふれた名歌である。それと同時に、やがて勃発《ぼっぱつ》する承久の乱を予感させるものもなしとはいえない。後鳥羽院は、和歌や管絃に堪能《たんのう》であっただけでなく、武芸、水練、相撲にも長じていられた。盗賊を素手で捕えたという話も残っている。そういう人物が、万事につけて積極的で、時には行きすぎることがあったのも止《や》むを得まい。気に入ると破格の昇進をさせたり、些細《ささい》なことで罰せられる場合も少くなかった。遊び好きなのは結構だが、熊野には三十一度も御幸《みゆき》になり、その度毎《たびごと》に莫大《ばくだい》な費用がかかるのだった。この常軌を逸した熊野詣《くまのもうで》は、後白河法皇の場合と同じように、信仰と遊興にかこつけて、大峰の山伏《やまぶし》や熊野水軍を手なずける為《ため》の政略であったと思うが、度重なる御幸が鎌倉幕府を刺激しなかった筈《はず》はない。史上には現れない様々の軋轢《あつれき》もあり、烈《はげ》しい気性の院を悩ませたのではなかろうか。

百人一首の御製は、ちょうどそういう時節に成った。「人もをし」は、人を愛する意で、或時《あるとき》はいとしく思い、或時は恨めしくも思われるのは、いたずらに此世《このよ》を憂《うれ》えている為で、憂えているから様々の物思いも生ずるのだと述懐されたのである。こういってしまうとそれこそ味気なくなるが、「人もをし人も恨めし」と、人を重ね、「世を思ふゆゑに物思ふ」と、思ふをつづけたところに、物思いが深まって行く様が巧みに表現されている。シとオの音が重なっていることも、音楽的リズムによって、重圧感が増すように思われる。

「続後撰集《しょくごせんしゅう》」の詞書《ことばがき》には、「だいしらず」として見えており、建暦《けんりやく》二年（一二一二）十二月、定家、家隆、秀能《ひでよし》などとともに、百首歌を集めた折の御製で、時に後鳥羽院は三十三歳であった。華やかな春の夢はすぎ去り、院の身の上にも次第に秋風が吹きそめる頃となっていた。

いかにせん三十《みそぢ》あまりの初霜を
うち払ふ程になりにけるかな

これは同じ時の御製であるが、「おく山のおどろの下」（承元《じようげん》二年―一二〇八）と併《あわ》せよむ時、院の心境の変化と、討幕の意志が固められつつあったことを暗示している。総じて戦争というものは一つの原因から起ることはない。長年の確執や誤解が積り積ったあげくに爆発する。その危険を身近に感じていたのは慈円《じえん》である。彼は鎌倉幕府が手のつけられぬ程強力な存在に成長したことを熟知しており、公武合体を勧める為に、「愚管抄《ぐかんしよう》」を書いたといわれている。その理想が実現するのは、はるか後の明治まで待たねばならないが、そのような遠大な理想に、後鳥羽院もその側近も耳を貸すひまはなかった。鳥羽離宮に兵を集めたのは、承久三年（一二二一）五月十四日のことで、北条義時追討の宣旨が発布され、一時は大いに気勢があがったが、何といっても相手は軍《いくさ》の専門家である。朝廷側がぐずぐずしている間に、総勢十九万の精兵が攻めよせ、宇治川から都へ乱入したのは、ひと月後のことであった。「いくばくの戦だになくて、遂《つひ》にみかたの軍《いくさ》破れぬ。荒磯《あらいそ》に高潮などの差し来るやうにて、泰時と時房と乱れ入りぬれば、いはむ方なくあきれて、上下ただ物にぞあたりまどふ」という「増鏡」の描写は、端的に都の人々の狼狽《ろうばい》ぶりを語っている。

七月六日には、後鳥羽院が、みすぼらしい網代車《あじろぐるま》で鳥羽殿へうつされ、その日髪をおろされた。そして十三日には、早くも隠岐へ遠島になったのである。土御門院は自発的に土佐へおもむかれ、順徳院は佐渡へうつされた。

九重の雲の上から、一夜にして罪びとに転落した御心のうちは想像するにあまりある。「水無瀬殿おぼし出《い》づるも夢のやうになむ。はるばると見やるる海の眺望、二千里の外《ほか》も残りなき心地する、今更めきたり。潮風のいとこちたく吹き来るを聞しめして」という「増鏡」の一節は、絶望にうちひしがれた院の姿を、茫々《ぼうぼう》たる風景の中にとらえている。「我こそは新島守よ」の絶唱が生れたのは、その時であった。

我こそは新島守《にひしまもり》よ隠岐の海の
あらき浪風《なみかぜ》心して吹け

あやめふく茅《かや》が軒端《のきば》に風すぎて
しどろに落る村雨《むらさめ》の露

われながらうとみはてぬる身の上に
涙ばかりは面変りせぬ

ほかにも多くの秀歌を遺《のこ》されたが、かつての春の詩人の俤《おもかげ》は既になく、村雨の音に耳を澄ます孤独な魂の叫びが聞えて来る。あれ程多芸だった院にとって、今は和歌だけが唯一《ゆいいつ》の友となった。

思ひやれ真柴《ましば》のとぼそ押あけて
ひとり眺むる秋の夕暮

俊成や定家の「秋の夕暮」に、この素直さは見られない。といって、西行の「鴫《しぎ》立つ沢の秋の夕暮」の自足もない。「思ひやれ」という呼びかけは、むなしく海のかなたへ消えて行き、あとには吾身《わがみ》ひとつの「秋の夕暮」が残る。それはやがて冬が近づくことに恐れおののいている姿でもあった。

水くきの跡はかなくも流れゆけば
末の世までや憂《う》きをとどめん

延応《えんおう》元年（一二三九）二月二十二日、後鳥羽院は六十歳で、その波瀾《はらん》にみちた生涯を閉じられた。流島《るとう》の生活は十九年の長きに及び、時とともに静かな諦観《ていかん》に到達されたのは、ひとえに和歌のたまものというべきであろう。「増鏡」は葬儀の模様を悲痛な筆で述べた後、最後までお供をしていた北面の侍が、お首を頸《くび》にかけて都へ帰り、大原の法華堂《ほっけどう》に安置したと記している。今もその御陵は、三千院のうっそうとした木立の奥に、順徳天皇と南北に並んで、数奇な運命に翻弄《ほんろう》された御父子の嘆きを伝えている。

百　順徳院

百敷《ももしき》やふるき軒端《のきば》のしのぶにも
　　なほあまりある昔なりけり

同じく「続後撰集」に「だいしらず」としてのっており、巻末に後鳥羽院と順徳院の御製が並んでいる。

一首の意味は、御所の荒れはてた軒のしのぶを見るにつけても、いっそう古きよき時代が偲《しの》ばれるという歌で、承久の乱前夜の、不安と悲しみにみちている。建保四年

後鳥羽院

権中納言定家

順徳院
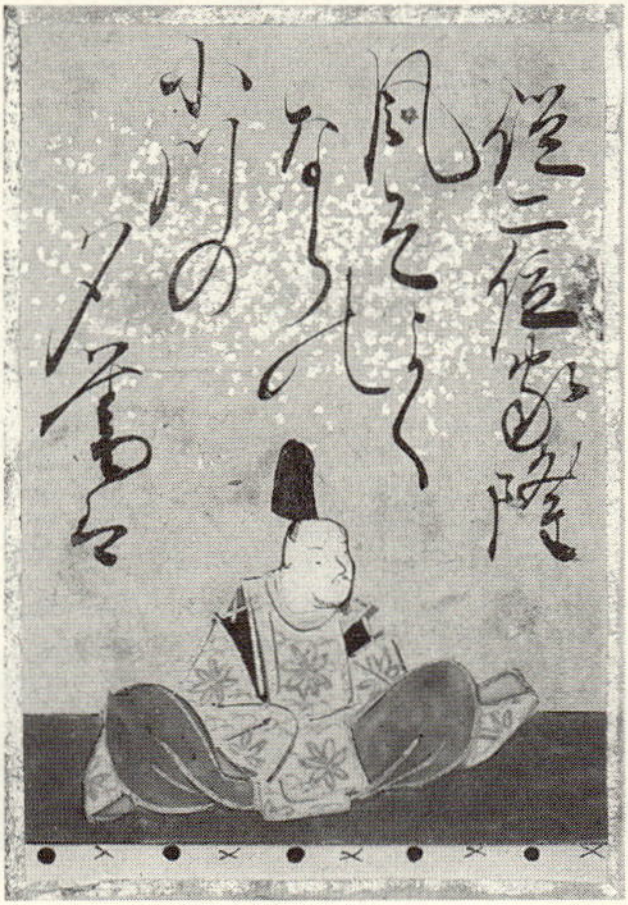
従二位家隆

持っていられたことは想像がつく。

その中で、「およそ中頃よりこのかたは、この道にたへたる人も、ただ経信、近くは西行が歌を学ぶべし。その様は別の事にあらず、ただ詞《ことば》を飾らずして、ふつふつといひたるが聞きよきなり」とされたのは、定家の人工より、経信・西行の自然を尊ばれたことがわかる。が、佐渡へ流島になった後も、作歌の上では後鳥羽院ほど目立った飛躍はない。はじめは百人一首の中に、お二人とも入っていなかったという説もあるが、後鳥羽院をはぶくことは、批評家としての定家の自尊心が許さなかったであろうし、後鳥羽院をえらべば、順徳院を次に置くことが自然の人情であったろう。今までの人間関係をみても、「続後撰集」の配列からいっても、お二人を最後に並べたのは、撰者《せんじゃ》の深い心づかいから出ていると思う。

建久八年（一一九七）順徳院は、後鳥羽天皇の第三皇子として誕生された。諱《いみな》を守《もり》成《なり》親王といわれる。翌九年には、異母兄の土御門天皇が四歳で即位、十一歳で冠《こうぶり》（元服）の式が行われた。「増鏡」は「いとなまめかしく、美しげにぞおはします。御本（一二一六）二十歳の時の御詠であるというが、「増鏡」によると、「新院（土御門）よりも、少しかどめいて、あざやかにぞおはしましける」とあり、才気にあふれた天皇であったらしい。「八雲御抄《やくもみしょう》」という歌書を遺《のこ》されたことでも、和歌の道に見識を性も父御門（後鳥羽）より、少しぬるくおはしましけれど、御情ぶかう、物のあはれなど聞し召しすぐさずありける」と、土御門天皇のことを評している。そういう兄君とは反対に、はきはきした性格の守成親王を、後鳥羽院は殊《こと》のほか寵愛《ちようあい》され、早く位に即《つ》けたいと思われたのであろう。土御門天皇が十六歳になった時、何の理由もなく退位をせまられ、順徳天皇が即位する。「増鏡」の著者は、温厚な土御門天皇が、表立ってとやかくいわれることはなかったが、不満をかくし切れなかったと伝えている。

年号は建暦と改まり、土御門天皇は新院、後鳥羽院は本院と称されるようになる。が、何といっても強力な本院の前では、順徳天皇の影は薄く、これという事績も伝わってはいない。とこうする中《うち》、承久の乱がはじまった。新院が無謀な計画に加担される筈《はず》はなく、順徳天皇だけが、本院のかたわらにあって、軍《いくさ》の手助けをされるのであった。乱のはじまる前の四月、四歳になったばかりの仲恭《ちゆうきよう》天皇に位をゆずられたのも、自由な身になって働くことを希望されたのであろう。が、合戦は一ヵ月で朝廷側の敗北に終り、後鳥羽院は隠岐へ流され、順徳院は佐渡へうつされた。お気の毒なのは土御門院で、何の咎《とが》もないのに自発的に土佐へおもむかれ、後に鎌倉よりの勧めで、阿波《あわ》へうつられた。

それ以上に哀れだったのは仲恭天皇で、四月に即位して、わずか七十余日でおろされたのは、前代未聞のことであったに違いない。この天皇は、順徳院の第四皇子であったが、物心もつかぬ中に事件に巻きこまれ、生きる望みも失われたのであろう。しばらく都の片隅に蟄居《ちつきよ》していられたが、十七歳で亡《な》くなられた。その後も天皇の称号は与えられず、「仲恭」と諡号《しごう》されたのは、ずっと後の明治になってからのことである。

佐渡における順徳院の生活はあまりくわしくわかってはいない。が、隠岐の院と同じく絶望的な日々であったに違いない。寛喜《かんぎ》三年（一二三一）には、土御門院が崩御になり、数年後に後鳥羽院も跡を追われた。遠い孤島にひとり残された順徳院の寂しさは、想像を絶するものであったろう。百人一首が成った頃には、未《ま》だ健在であったが、院の御歌が入っていることを報告する人がいたであろうか。

先年、佐渡へ行った時、私は順徳院の真野の御陵に参拝した。赤松のそびえる美しい丘陵で、真野の入江に望み、国分寺もその近くに建っていたという。「続風土記《しよくふどき》」は当時の有様を次のように述べている。

順徳院此国《このくに》に渡給《わたりたま》ひ、真野浦に御着船、此処《ここ》は三里余の入江にて、凡《すべ》て漁戸《ぎよこ》のみなれば、打附《うちつけ》に玉体を寄せらるべき舎《いへ》もなく、むくつけなる男共来て物言ふを聞し召すにも、是《これ》なん音に聞く真野の鬼なるべしと、いとど御心を悩《なやま》されける。

院の御所がどの辺に建っていたか、明らかではないが、真野の御陵の近くにあったことは確かである。そこに二十二年の春秋を送られた後、四十六歳で崩御になった。遺言によって、遺骸《いがい》は真野山に葬《ほうむ》り、後に御骨を都へ移し、大原の法華堂陵に合祀《ごうし》された。その時御棺の上に松を植えたのが、今は大きくなっていると、「続風土記」に記してあるが、私の見た赤松林は、その松の子孫がふえて育ったものに違いない。順徳院の末は絶えはてたが、瀟々《しょうしょう》たる松風は真野の入江に吹きすさび、七百年前の悲劇を今に伝えている。

新潮選書版あとがき

万葉百人一首とか、現代百人一首とか、私が知るだけでも今まで多くのかるたが作られた。それらがすべて消え失《う》せた中で、鎌倉時代の小倉百人一首だけが、なぜ大衆に愛され、生き長らえて来たか、私はいつも不審に思っていた。和歌の素養も、古典文学の知識もあまりない私が、「六十の手習」のつもりで書いたのは、そこに興味を持ったからだが、書いてみて知ったのは、想像したよりはるかに奥の深いことであった。定家は漫然といい歌をえらんだのではない、各々《おのおの》の人間関係と、それにまつわる逸話や伝説、宮廷における立場といったようなことにまで、こまかく心を用いている。そこには万葉集から新勅撰集に至る和歌の歴史と変遷が、無言のうちに語られており、藤原定家という人物に、改めて眼を開かれる思いがした。同時に、和歌の伝統というものが、日本の文化にどれ程大きな影響を与えたか、たとえ無意識にせよ、現代の私達の生活とも切離せない存在であることを知った。そういうことについては、所々でふれたので、ここではくり返さないが、私に学問があれば、もっと多くのことが読みとれたであろうに、それだけが残念であり、申しわけなくも思っている。

はじめは和歌を現代語に訳すことも考えたが、くわしく訳せば訳すほど、遠ざかることを知って、よほどわかりにくい場合だけに止どめた。それさえよけいなことだったかも知れない。言葉にはことたまというものがあり、意味だけわかっても、それこそ何の意味もないことを、今度ほど痛感したことはない。しぜん私の興味は、人間とその周辺に向ったが、そこでも学問の足りなさを嘆く始末となった。

その反面、毎日ちがう人物に会えることがたのしみで、王朝の人々とともに、遊んだり悲しんだり恨んだりしてすごした。いつもより原稿を書くことが苦にならなかったのは、そのためもあろう。もし読者にそういう気持が通じて、いくらかでも楽しんで下されば、そして百人一首にも、こういう読み方（或《ある》いは遊び方）があることを知って頂けたら、私にとってそれ以上の喜びはない。そして、虫のいいことをいうなら、私の力の至らなかった所を、いつの日か、どなたかに、補って頂けたらうれしいと思うのである。

昭和五十一年秋

白洲正子

『白洲正子全集第七巻』解説より

『私の百人一首』は一九七六（昭和五十一）年十二月、新潮選書の一冊として書き下ろしで刊行された。藤原定家（一一六二―一二四一）が編纂《へんさん》したと伝えられる「小倉百人一首」の全歌に論評をくわえたものである。

タイトルにある「私の」とは、専門の学者の研究とはちがうという謙遜《けんそん》と、だが誰のものでもない自分のものという自負との混交した意味をもつものであろう。たしかに、白洲正子独自の好みは随処にあらわれている。たとえば、一首ごとの原稿執筆量についてみてもそれは顕著で（これは、この作品が、連載ではなく書き下ろしであるということもあるが）、通常四百字づめ原稿用紙二、三枚のところ、在原業平《ありわらのなりひら》や清少納言、西行や源実朝《さねとも》といった歌人にはその倍、もしくは三倍もの紙数をついやしている。そして、それは結局、平安末期の技巧偏重の和歌を好きにはなれぬ自身の気質の発見へとつながるのである。平安末期を代表する歌人であり、学者としても当代随一である定家にふれ、「（後鳥羽《ごとば》上皇より）批評家としてははるかに定家が上であり、人間的にも大人であったと思う」と書く一方で、「私の好みをいえば、後鳥羽上皇の歌の方が好きだし、人柄にも魅力がある」と告白するあたり、また「西行は歌よみだが、定家は歌をつくる」との言葉を引用するあたり、あからさまではないが、前述した好みの表白とみて差し支えなかろう。

白洲正子の生涯のテーマが「持って生まれた自分の気質」を発見し育てることにあったのを思う時、書くことを通して「百人一首」を再度吟味しようとした本書の意企は了解されるし、過去の作品でも繰り返し同じ追究がなされてきたことを思う時、本書序文の「若い時から手がけて来たことを、老年になって、最初からやり直すこと」が「六十の手習」という言葉も、素直に受け取ることが出来るのである。（白洲實）

編集部注　二二〇頁と二三〇頁に、俊成が顕季の養子であったとの記述がある。一説には俊成は顕季の息子・顕輔の養子だったとされ、白洲氏は顕輔と顕季を混同してしまっていたようである。ただし、顕輔説も誤伝で、俊成は顕頼の養子だったとする説が、現在では正しいとされている。

百首索引

＊配列は発音による五十音順によった。

この作品は平成十四年一月新潮社より刊行された『白洲正子全集第七巻』を底本とした。

本文中のかるたの写真は著者旧蔵・百人一首歌かるた（元禄時代）

私《わたくし》の百《ひやく》人《にん》一《いつ》首《しゆ》

新潮文庫　し - 20 - 9

平成十七年一月一日発行
平成二十九年一月十五日十六刷

著者　白《しら》洲《す》正《まさ》子《こ》

発行者　佐藤隆信
発行所　株式会社 新潮社
郵便番号　一六二―八七一一
東京都新宿区矢来町七一
電話　編集部(〇三)三二六六―五四四〇
　　　読者係(〇三)三二六六―五一一一
http://www.shinchosha.co.jp

価格はカバーに表示してあります。

乱丁・落丁本は、ご面倒ですが小社読者係宛ご送付ください。送料小社負担にてお取替えいたします。

印刷・錦明印刷株式会社　製本・錦明印刷株式会社

ISBN978-4-10-137909-8 C0195